全民微阅读系列

会飞的硬币
HUI FEI DE YINGBI

窦俊彦 著

江西高校出版社
JIANGXI UNIVERSITIES AND COLLEGES PRESS

图书在版编目（CIP）数据

会飞的硬币/窦俊彦著．— 南昌：江西高校出版社，2017.11（2021.1重印）
（全民微阅读系列）
ISBN 978-7-5493-5029-2

Ⅰ.①会… Ⅱ.①窦… Ⅲ.①小小说—小说集—中国—当代 Ⅳ.①I247.82

中国版本图书馆 CIP 数据核字（2017）第 017612 号

出 版 发 行	江西高校出版社
社　　　址	江西省南昌市洪都北大道96号
总编室电话	（0791）88504319
销 售 电 话	（0791）88592590
网　　　址	www.juacp.com
印　　　刷	永清县晔盛亚胶印有限公司
经　　　销	全国新华书店
开　　　本	700mm×1000mm 1/16
印　　　张	14
字　　　数	160 千字
版　　　次	2017年11月第1版 2021年1月第2次印刷
书　　　号	ISBN 978-7-5493-5029-2
定　　　价	45.00元

赣版权登字 -07-2017-40

版权所有　侵权必究

图书若有印装问题，请随时向本社印制部（0791-88513257）退换

目录

第一辑　少年拾趣 / 1

饭钱 / 1

会飞的钱币 / 4

可怕的报复 / 6

小满 / 9

给牛割了一笼青草 / 12

借酒 / 15

偷瓜 / 18

鸟窝 / 21

换瓜 / 24

学费 / 26

鸟道 / 29

第二辑　田野的风 / 32

村主任不在家 / 32

大师的尴尬 / 35

地不骗咱 / 38

还是家乡好 / 40

一张假币 / 44

酒事 / 47

李保开路 / 49

六十封信 / 52

迁坟 / 55

捎人 / 57

树枝上长出了白馍馍 / 59

一个人的村庄 / 62

红樱桃 / 64

太爷 / 67

老支书 / 69

姥爷的羊 / 72

校长 / 76

春天里 / 78

第三辑　爱海泛舟 / 81

谋杀一条狗 / 81

分家 / 84

相遇 / 87

报平安 / 90

情结 / 93

父爱无边 / 95

爱的真谛 / 98

买不来的助听器 / 101

复活 / 103

虎票 / 106

二姑的等待 / 108

远去的荆轲 / 111

只有爱 / 114

彷徨 / 117

觉醒 / 120

灯 / 123

你若安好，便是晴天霹雳 / 125

面之伤 / 128

较量 / 131

找 / 134

火 / 137

大哥 / 140

第四辑　人在江湖 / 144

盖章 / 144

抓赌 / 147

小人之累 / 150

门 / 153

报警 / 155

张成这个人 / 157

摄像头引起的烦恼 / 160

感谢信里的玄机 / 164

心胸 / 166

腰杆 / 169

招数 / 171

考验 / 174

抉择 / 176

检讨 / 179

劝税 / 182

老李 / 185

第五辑　故事新编 / 188

盐泪 / 188

新闻 / 190

侠 / 192

宝琴 / 195

鼓殇 / 198

吕不韦之死 / 202

王垕之死 / 204

不再伤痛 / 207

酒变 / 211

水 / 213

赈粮 / 216

第一辑　少年拾趣

少年是朝阳，少年是春天，少年是人的一生中，最美好的时期，是人生的黄金阶段。把握住了少年时期，就掌握了人生的春天。有多少记忆，在这里酝酿；有多少趣事，在这里绽放；有多少秘密，在这里潜藏；有多少憧憬，在这里迸发。时光如流水，转瞬间，红了樱桃，绿了芭蕉，人已经不再年轻。所走过的路，历过的事，像风一样，时不时在心间掠过，留下的只有无限的感慨。

饭　钱

八九十年代，在乡村有许多民办教师，他们一日三餐，在学生家中轮流吃饭，并象征性地付一定的饭钱。本文的故事就是围绕小主人公跟老师讨要饭钱展开的。

十岁那年冬天，我上小学三年级。

在我们村的小学，学生每天回家吃饭，学校没有锅灶，老师就

会飞的硬币

跟着学生在村子里轮流吃饭。

有学生的人家，到管饭的那一天，给教师都吃得好，经济条件好的还要摆酒席，条件差的就是向别人借米借面，都要给教师吃好，因为一个学期，也就管一两次饭。到了学期末，教师们就会象征性地给我们开饭钱，一个教师每天也就是四五角，钱虽不多，但对于我们小孩子来说，却是一笔可观的收入。

眼看到学期末了，其他教师都付清了自己的饭钱，却迟迟不见我们的班主任兼语文课的陈老师给我们付。大家幻想着，陈老师给我们的饭钱，又会变成兜里的一包瓜子，几块糖果。只要陈老师走进教室，大家眼中都充满希望，盼望着从他嘴里能蹦出关于饭钱的信息。可是直到陈老师离开教室，也没有说饭钱的事情，大家失望透顶了。

于是，班里的同学，就在一块密谋了好一阵。

那天，陈老师夹着书，欢欢喜喜的来给我们上课。他精神抖擞地走上讲台，文体干事没有喊起立，大家一起喊的是："陈老师，给我们饭钱！"

陈老师脸上的微笑僵住了，过了好久才无力地说："好，我今天就给你们开饭钱，现在咱们先上课。"

陈老师开始讲课了，但是在这次课堂中，我们没有听到往日的妙语连珠，却多了一份沉重，大家觉得跟陈老师的距离一下子拉得很远很远。那节课许多同学没有听进去，都很后悔跟陈老师提饭钱的事。

其实，陈老师对我们挺好的。冬天他将自己的炉子搬到教室，炭火搭的旺旺的，即使屋外寒风呼啸，教室却总是暖烘烘的。远路上的同学，因下雪湿了棉鞋，他就将鞋放在炉子旁，小心翼翼地烘干。可是今天，我们为了贪嘴竟然跟老师要钱，心里别提多后悔了！

下午，天又飘起了雪花，陈老师推出他那辆破自行车，临出门时对我们交代："你们好好上自习，我去给你们要钱。"

陈老师走了，直到放学也没有回来。

第二天早上，陈老师还是没有出现。上语文课时，教室里进来两个人，表情严肃的校长和阴着脸的村主任。

校长说："是不是你们跟陈老师要饭钱的？"

大家都红了脸，低头无语。

校长又说："你们知道吗，陈老师是民办教师，工资在你们村上，半年都没有发了，你们还要什么饭钱。就是因为你们要饭钱，陈老师才急着去村委会找主任。结果连人带车，滑进了下了雪的阴沟里，人现在还躺在医院呢。"

说完，校长和村主任又匆匆地离开。

有几个同学，商量着要去看陈老师，又觉得怪不好意思的，就没有去。

陈老师回来了，一直到放寒假，都没有提饭钱的事，大家最后也将饭钱忘记了。后来，陈老师调走了。

有一天吃饭的时候，母亲突然念叨着说："给你教过书的陈老师，的确是一个好人啊！"

我问："怎么啦？"

母亲说："陈老师骑着自行车，将村子里欠的饭钱，逐个都清掉了。

我说我不要，他硬将钱塞到我手里，就走了。"

听了母亲的话，我更觉得我们错了，就为了一点小小数目的饭钱，伤害了一位老师的心。

（发表于2010年3月2日《新课程报语文导刊》第9期，2010年《小小说选刊》第5期转载，2010年入选《鼓舞孩子一生的校园故事？穿过风雪的音乐盒》，2011年入选《中外经典微型小说大系·校园篇》）

会飞的钱币

钱怎么会飞呢？伟伟一点都不理解母亲的话。当伟伟知道这一切，都是父母的计谋后，为了让伯母不伤心，他又想办法，让钱飞了回去。

伟伟从来不相信，钱币会飞。

可母亲郑重地告诉他。她在一个晚上，去上厕所的途中，亲眼看到钱币，就像长上了翅膀一样，从伯母的窗子里飞出，然后就消失得无影无踪。对于母亲的说法，伟伟一直认为，母亲在说谎，只不过他不想揭穿母亲而已。因为学校班主任老师曾告诉他，世上就根本没有鬼神。所以，他根本就不信母亲的那一套。

但伟伟却在想，伯母的屋子，是不是发生了什么事情。他有好几次，都想进去看个究竟，最后，他还是忍住了。父亲曾多次告诉他，

第一辑　少年拾趣

不要轻易进伯母的房间，伯母是一个爱干净、很细心的人。

自从伯父去世，伯母的女儿出嫁，儿子进城以后。伯母就很少离开她的屋子。就是人离开了，窗子也关得紧紧的，门也会用一把特大锁锁住。这一次，伯母去了城里，门也是紧紧地锁着。

伯母从城里回来了，满脸的喜悦之情。伟伟看到伯母的心情这么好，心里就像九阳天，暖暖的。伯母进了屋子后，他就不由自主地跟着进去了。

他歪着头，看着伯母收拾着屋子。

忽然，他问道："伯母，你的钱是不是飞了？"

伯母一愣，接着将他拉到跟前，摸了摸他的头，温和地笑着说："傻孩子，钱币怎么会飞呢？"

伟伟听伯母这样说，他的心中一下子轻松了许多。他嘀咕着说："我也相信，钱不会飞的。"就走出了屋子。

伯母看着他的背影，不解地摇了摇头说："这孩子"，又忙别的去了。

有一次，伯母的女儿来了。伟伟听到伯母跟女儿在房子里，大吵大闹。声音由大到小，直到最后，没有了声息。伯母女儿心平气和地离开了，伯母坐在房前的土台上，呆呆地望着天空。

伟伟就回到自己的屋子里，他悄悄地问母亲："伯母怎么了？"

母亲不耐烦地说："我不是早跟你说了么，你伯母的钱飞了。"

伟伟趁母亲不注意，又心事重重地来到伯母面前。他问到："伯母，您的钱是不是飞了。"

伯母看见伟伟，强忍着心事，苦笑着说："孩子，你说对了。

会飞的硬币

伯母的钱就是飞了。"

伟伟还是不相信钱能飞了。他相信，钱肯定没有飞出他们家的院子。

一个星期天，父母不在。伟伟在自家的屋子，这儿戳戳，那儿看看。他终于发现柜子下，有一块新盖的土。他好不容易钻进柜子下面，用手拨开土，发现了一个褐色的盒子，他心中一阵狂喜。打开盒子，他看到一沓厚厚的钱币。伟伟惊叫道+-："这钱真长翅膀了，怎么会飞到我家的房子里来。"他取出了钱，趁伯母做饭的机会，将钱放到了伯母的屋子里。

直到有一天，伟伟的父母发现钱不见了。就问伟伟，他搔搔脑勺说："这钱可能飞了吧！"父母听了他的话，脸上的表情，怪怪的。

（发表于2008年《长安文学》第17期）

可怕的报复

男孩因为淘气，受到了李老师的责罚。于是，他就实施了一个报复李老师的计划，将药下到李老师的水瓶里，可最后因为一只小鸟，打乱了他的计划，也使他流下了愧疚的泪。

那一年，男孩十一岁，正上初一。

男孩的父亲，在街道开了一家药铺。每天抓药的人很多。父亲

第一辑　少年拾趣

忙不过来，就让从家里早早吃过饭，来到药铺的男孩帮忙，帮上十几分钟以后，男孩才去上学。

开始的时候，男孩只不过给父亲递递药纸，找找药盒。后来，耳濡目染，男孩竟知道了，啥药放在啥地方，啥药治啥病。

每每来了病人，在父亲忙不过来的时候，他就会越俎代庖，给病人取了药，放在柜台上。父亲忙得只扫一眼，点点头。病人拿着药，直夸男孩聪明。男孩常常为此感到很高兴。因为在父亲的药店里，男孩才觉得自己是英雄有了用武之地。

十几分钟总是很短，很快就过去了。父亲虽然很忙，但对他上学却记得很清楚。只要时间一到，父亲就会严厉地赶他走。男孩背上书包，极不情愿地去上学。

其实，说心里话，男孩是爱读书的。他喜欢学校里的花草，喜欢上体育课。有时，他更喜欢拽前面女孩的"马尾巴"。看到前面的漂亮女生生气的样子，他就做个鬼脸，心里却乐滋滋的。男孩想到这里，就加快了去学校的速度。

男孩抡着书包，哼着小调，一溜风似的跑进了校门。忽然，男孩听见有人叫他，男孩停住了脚步，转身一看，男孩吓出了一身鸡皮疙瘩。

他的数学老师李老师，正在房子门口叫他。男孩很害怕李老师。因为李老师教的数学，男孩学得一塌糊涂。所以，男孩的屁股上，就没有少挨李老师的竹棍。他恨数学，心中也恨李老师。

李老师三十多岁，穿着洗得发了白的衣服。他看着男孩慢腾腾的样子。有点生气地说："快进来，你看你今天错了几道题？"男

会飞的硬币

孩硬着头皮进去了，李老师给他讲的题，他听得晕乎乎的。

李老师问他："听懂了么？"

他点点头，意思听懂了。

李老师说："那你复述一遍解题过程。"

他脸红脖子粗，就是不吭声。

李老师脸上的笑容消失了，脸变得煞白煞白的，表情很痛苦的样子。手举起了那似乎很沉重的竹棍，颤抖着，然后就重重地落在了他的屁股上。

后来，李老师又讲了一遍，他仍没有听懂老师的题目，却记住了李老师的竹棍。男孩开始预谋他那可怕的报复计划。

在那个时候，学校还没有水灶。热水是每个学生从家里给老师轮流提。这一次，轮到男孩给李老师提水了，男孩心中有一种说不出的高兴。

男孩提着李老师的热水瓶，在父亲的药店里，灌上了热水。他又趁帮忙的机会，偷了十粒安眠药。就在给老师送水的路上，他将药放进了热水瓶。他想象着，李老师喝了水之后，误了上课，误了开会，那可在学校就出尽了洋相。

他将热水瓶送到老师房子的时候，李老师正在低头改着作业。男孩怀着忐忑不安的心情，将热水瓶房到房子里。刚要退出，李老师却没有了往日对他的严肃相。拿着他的作业本，和颜悦色地说男孩进步了。男孩心里舒服极了，他对李老师好像也没有多少恨意了。

李老师从他床下的纸箱子里，拿出一只小鸟。李老师微笑着说，是他在房子里捉的，就当作奖励送给男孩。男孩从小就爱玩小鸟，接过小鸟，他在逗小鸟的过程中，看到了老师的热水瓶，他心里有一种犯罪感。

他的手一松，小鸟就在李老师的房子里，又开始乱飞了。李老师和他开始抓小鸟。他在抓的过程中，碰碎了李老师的热水瓶。热水烫伤了他的脚。李老师大惊失色，背着他向父亲的药店跑去。

在路途中，男孩看见李老师两鬓的白发。在李老师宽大的背上，他像女孩一样，竟哽咽着哭了起来。李老师以为他疼得厉害，脚下的步子更快了。

（发表于《新课程报·语文导刊》初中版2008年1月22日第四期）

小　满

小满很不幸，被骗进了有狼狗看护的黑砖厂。尽管他受到了非人的虐待，但他从没有放弃逃跑的想法。终于，他想方设法逃出了黑砖厂，可他还想着救另一个小伙伴。

小成对小满说，咱们逃跑吧。

小满鼻子里轻轻哼了一声，连理也不理小成一下。

小成俯下身子，对着小满的耳朵悄悄地说，请你相信我这一次，这回我是真的，谁骗你是小狗。

会飞的硬币

可小满就是不相信小成的话，他鄙夷地看了小成一眼，在心里骂着，你就是小狗，你甚至连小狗都不如。

他不理小成，想着一年前，自己因为在学校和老师闹矛盾，不想上学，老爹打了他，他就跑出了家，来到了省城，他想在城里找一份工作，可人家问问他的年龄，都摇摇头，他只好在车站里流浪。

一天，有两位中年人问他找不找工作，他点了点头。他们就甜言蜜语地骗他上了车，然后经过了几天几夜的旅程，他被带到了大山深处这座砖厂。此时，他才知道自己受了骗，可为时已晚。在宿舍里，他遇到了一个叫小成的童工，跟他一样，也是被骗来的。他们每天日出而作，日落而息，干着最重最累的活，却受着非人的待遇。

小满曾对小成说，我们逃吧。

小成说，逃，往哪里逃，厂里有监工，厂外有铁丝网，还有大狼狗，你看我们能逃出去么？

小满说，逃，总是有机会的。

小成冷笑了一声，没有言语。

于是，小满无论是白天干活，或者晚上睡觉，他都在琢磨着逃跑的事情。可他的一次次逃跑，都以失败而告终，最终赢来的是一次次毒打。奇怪的是，每当小满被毒打一次，小成的饭菜就明显的要比小满的好，甚至还有肉。

后来，小满就留心了。一次，他假装说自己要逃跑，然后趁小成睡着的时候，他就跑出了房子，躲在了暗处。他发现小成走出了屋子，很快走进了监工的屋子。他这才明白，原来自己一次又一次的失败，都是小成告的密。为了报复小成，他一直躲在暗处，当监工牵着狼狗、领着人到处找他的时候，他却悄悄溜进了屋子，躺在床上睡起了大觉。

这次，小成因为诬告小满，被监工狠狠揍了一顿。看着遍体鳞伤的小成，小满有一种报复的快感。但当小满夹起饭菜里的肉片放进嘴里的时候，小满的心又软了。他就将肉片喂给小成吃，感动得小成眼泪哗哗地流。

小成的伤好得差不多了，他跟小满一样，又开始干活了。不知道是什么原因，监工好像不太喜欢小成了，而是慢慢地爱上了小满。小满每天的饭菜都比小成的好，小成在干活的时候，由于经常望着厂外那条回家的路发呆，要么遭受监工的呵斥，要么就被监工毒打。

小满自那次捉弄了小成之后，再也没有提过回家的事情，他将回家的念头藏在了心的深处。

没想到，这次小成却鼓动小满逃跑。

小成看到小满不相信他，就从破褥子底下摸出一把小刀，说，你不相信，我就削手指头让你看。

说着，拿着刀子就要割手指头。

小满一把拉住小成拿刀的手说，我相信你。

于是，在一个漆黑的夜晚，他俩就悄悄地走向了那条回家的路。他们成功地爬过了铁丝网，蹑手蹑脚地行走在茅草间。忽然，一条黑影扑了过来。小成惊呼一声说，狗，快跑。俩人还未张开

会飞的硬币

腿跑，狗已经扑倒了小成，又来咬小满，但却被小成手死死地抓住了双腿。

小成对小满说，你快跑，咱们跑出一个算一个。

小满听着小成的话，抹着眼中的泪水，发疯似的向远处跑去。

不知走了多少路，天发亮的时候，小满终于跑出了大山，他腿一软，躺在松软的草地上睡着了。他梦见了自己带着许多警察，捣毁了那家黑砖厂，救出了小成，终于踏上了回家的路。

（发表于2014年《百花园》第四期，《微型小说选刊》第十一期转载）

给牛割了一笼青草

小主人公给牛割了一笼草，没想到那青草里有药，毒死了自家的老黄牛，由此，牵扯出了三伯父和自家的矛盾。面对棘手的矛盾，且看父亲怎么化解？

如果我知道是因为那一笼青草导致家里的牛生病，那么，我就绝不会去割那一笼青草。

可现实是我真的割了一笼青草。

那是在前一天中午，大人们都在午休，我躺在床上，怎么也睡不着，就想到那片绿荫，高大的树木就像一把把巨伞，遮挡住了夏日的毒辣，树下面是茂密的花草。有蝉在浓荫中放歌，有蝴蝶在草

第一辑　少年拾趣

丛间起舞。

想到这些，我更是睡不着觉。

于是，我就提着笼，拿着镰刀，走向了那片浓荫。

我没有费多大工夫，就在树荫下割了一笼青草。然后，我就在草丛中，捉蝴蝶、逗蛐蛐，或者躺在柔软的草地上，透过层层叠叠的树叶，看天上的白云朵。外面是热气腾腾的天气，可是在这里，却感觉十分的凉爽。

直到我感觉肚子有点饿了，才往家里赶。我将半笼青草倒进牛槽，拍着牛的脸说，吃吧，快吃吧，这草可香啦。牛根本就不理我，只关注那些青草。看见牛贪吃的样子，我不想理牛了，我自己也要出去吃饭了。

天刚刚黑下来，牛就表现得不对劲了，它在槽前站卧不宁，而且嘴边的白沫不住地往下流，父亲看到这一切，就急忙到街道叫来了兽医。那兽医翻翻牛的眼角，两手硬掰开牛的嘴巴，看了看，说，牛中毒了。

父亲恨恨地瞪了我一眼，说，站那儿别动，看我一会儿怎么收拾你。

我吓得瑟瑟发抖，心想，要是牛救不下，我这顿揍肯定是躲不过了。因此，我在心里不住地祈祷，但愿兽医能将牛救下。

兽医很快就配好了药，给牛连续打了两针，又给牛强灌了一盆肥皂水，牛终于安静了下来。

兽医在家里吃烟喝茶，等了一个多小时，看牛的精神慢慢缓了过来。他说，好了，没有大碍了。父亲付了药费，送走了兽医，然

会飞的硬币

后就拧着我耳朵，将我提到了房子里。

平时，只要父亲要打我，母亲都会动手阻拦。可今天，母亲没有。母亲坐在炕沿上，边抹泪边唉声叹气地说，这个月可怎么过？

从母亲絮絮叨叨的话语中，我才知道，兽医只收了两针的药费，总共十二元钱，刚刚是父亲当时做民办教师一个月的工资。现在，牛是得救了，可父亲的工资却没了，这等于一家的生计毁在了我一笼青草上。

父亲没有接母亲的话语，也没有打我，他出奇的平静，盯着我问，你是在哪儿割的青草？

我就老实交代了村子里那片浓荫。

父亲说，那不是你三伯父家门口的林子么？

我说，嗯，就是那儿。我当时割草的时候，三伯父还端着茶壶出来，转了转，喝了几口茶，又转进自家院子了。

父亲听到这里，他眼睛一亮，说，好了，你去休息吧。说完，他就出门了。

父亲回到家时，已经半夜了。我隐隐约约听母亲问父亲，你去三哥家吵架了，是不是？

父亲说，没有。

母亲说，那你去干什么？

父亲说，我去跟他说说理。

母亲说，三哥怎么说？

父亲说，他说，门口的草地惹了许多蚊子，他前几天是给草打药了。可他并不知道娃在那儿割草。

母亲生气地说，他胡说，他没见娃割草，娃怎么能说见到他呢，难道咱娃撒谎不成？

父亲说，唉，他就是那样的人，越说越让人生气。

母亲说，忍了吧。

父亲说，不，明天，我还要去。

母亲说，去打架？

父亲说，不，我去写个牌牌，挂在他家那林子前，免得村里其他孩子再跟咱娃一样，犯同样的错误。

（发表于2013年11月号《小小说家》）

借 酒

小主人公从二伯父家借了一瓶好酒，二伯父说不用还了，但二伯母却要让他还酒。小主人公在还酒钱的归途中，碰见了村主任，村主任的一句话，让小主人公心里好冷。

几个人酒喝得正酣，一个人拿着酒瓶倒酒，倒了半天，也没有倒出半滴酒。他提着空酒瓶，在父亲眼前晃了晃，说，没酒了。

父亲睁开醉眼，对我说，根娃，快去买酒。

我正要往出跑，被坐在门口的母亲拽住了。母亲说，现在深更半夜的，你到哪儿去买酒？

会飞的硬币

　　母亲的话一下提醒了我，是啊，现在我到什么地方去买酒？可是，今天这酒还必须喝下去，必须让他们一个个尽兴。那几个人都是我们村里的头头，不让他们尽兴，父亲就拿不到庄基地的批复，没有庄基地，就盖不了新房子，盖不了新房子，大哥的婚期就不得不无限制推后。

　　我正在心里纠结的时候，被父亲请来做陪客的二伯父说话了。他说，根娃，你不用去买了，去叫你二伯母给你拿瓶酒。

　　听了二伯父的话，大家都说好，父亲催着我赶快去。我拔腿就往外走。我知道二伯父家里不缺酒，因为二伯父嗜酒，他正好有个在外边做生意的儿子，经常给他拿回来形形色色的好酒。我心里想，父亲今天将二伯父请来做陪客，真是请对了人。

　　二伯父家离我家很近，没有走多长路就到了。

　　我敲开了二伯父家的门，伯母揉着惺忪的眼睛问我，你伯父怎么还没回来？

　　我说，他们正在喝酒。

　　她又问我，那你来有啥事？

　　我说，二伯父让我来拿酒。

　　她嗯了一声，就将我领进了屋子。顺手在柜子上拿了瓶酒，说，你拿去吧。

　　我拿着酒刚出了门，又被伯母喊住了。

　　二伯母打着呵欠对我说，记着，别忘了还啊！说着，就关了门。

　　我边走边想，村里人都说二伯母抠门，果真如此。但现在为了救急，也只有如此了，明天买瓶酒还她就是了。

第一辑　少年拾趣

我将酒拿回了家，那几个人又来了兴致，眼看一瓶酒又要喝得见底，我心里着急了。这瓶酒喝完了，可怎么办？

这时，村里一个头头说，好了，今天就到这里吧。说着，就摇摇晃晃地站起身，其他几人也跟着立起来，都往外走。父亲拿着剩了一点酒的瓶子，往二伯父怀里塞。二伯父边往外走边说，不就是一瓶酒么，不要了，这话让父亲听了很受用。

可到了第二天，我将二伯母的话告诉了父亲。父亲皱了皱眉，说，还就还吧，不就是一瓶酒吗，你去看看那是什么酒？买一瓶还了就是。

我在一堆空酒瓶中拨拉出那个空酒瓶，提到了父亲跟前。父亲看了看酒瓶，脸色变得很难看，说，你确定是这瓶酒？

我肯定地点点头。

父亲皱着眉说，这是瓶好酒，咱们这儿是买不到的。你还是拿三百元给你二伯母吧。说着，就将钱给了我。

我到了二伯母家，二伯父正背着手，在院子的石榴树下转悠。

他笑着问我，根娃有事吗？

我说，来还酒钱。

二伯父说，你伯母在屋里，你进去吧。

我进了屋子，将钱递到了二伯母面前。二伯母没有接钱，而是阴着脸说，我给你的那瓶酒，是别人送给你根全哥的。你根全哥舍不得喝，拿回来孝敬你二伯父。我昨晚给你拿错了，你那点钱，还不够这瓶酒的零头呢。

二伯母说这话的时候，二伯父仍在院子里转悠。我等着二伯父

会飞的硬币

答话,可二伯父始终没有说话。气氛很尴尬,我不知怎么办才好。我咽了口唾沫,滋润了一下干涩的喉咙,说,我一会儿把钱给你送过来。

说完,我就转身走出她家的院门,急忙往家里走,却一头撞在了一个人怀里。

我抬起头一看,原来是我们村里的头头。他看着我,嘿嘿地笑着说,根娃,你昨天晚上是不是出去灌了瓶水哄叔哩,那还是酒吗?回去给你爹说,想要弄到庄基地,重新摆个酒场子。边说边抠着牙缝,嘿嘿笑着,从我身边大摇大摆地过去了。

路上,只留下了我,手里攥着父亲给的钱,心里却在盘算着怎么回家对父亲说。

(发表于2014年小小说家主办的〈百花园〉增刊)

偷 瓜

几个孩子谋划着去偷瓜,偷谁家的呢?最后偷了自家二叔的瓜,却被二叔抓住了。二叔拽着小主人公,去到家里告状……

夏季的夜晚,繁星点点,凉风习习。

高娃、铁牛和我,钻在麦草垛下,正在商量着偷瓜的事情。

高娃胆怯地说,我看还是算了,要是被抓住,又少不了顿打。

> 第一辑　少年拾趣

我说，瞧你那没出息的样，怎么净说些败兴的话。

铁牛犹豫地说，万一我们偷的瓜，没熟怎么办？

我拍着胸脯说，这个你就放心，我爹教过我，怎么挑熟瓜。一般来说，成熟的西瓜，果皮坚硬光亮，花纹清晰、果实脐部和果蒂部向内收缩、凹陷，果实阴面自白转黄且粗糙，果柄上的绒毛大部分脱落，坐果节前后1—2个节卷须枯萎，这样的瓜就是熟瓜。

高娃说，咱们是晚上去偷，又不能用手电，怎么去看？

我笑着说，还有第二种办法，就是成熟的西瓜用手摸去有光滑感觉。另外，还可以用一个手托住西瓜，另一个手轻轻敲打瓜面时，若发出砰、砰、砰的低浊音，托瓜的手心里感到有震荡，就说明西瓜熟了。

铁牛拍着掌说，好，有你挑，咱们肯定能偷到熟瓜。

我看了铁牛说，为了保险起见，咱们要分好工。高娃胆小，就负责往外运；铁牛就在地头望风，如果有风吹草动，就招呼声。

我们将工分好，就向村子的瓜地走去。一路上，萤火虫在乱舞，蛐蛐在鸣唱。我们来到瓜田，看着一片又一片的西瓜地，听着瓜庵里偶尔传来的人语声，我们迟疑了，不知去偷谁家的西瓜才算保险。

最后，我想到了一家，那就是我二叔家的西瓜。二叔前几天在镇上打工回来，还领我在他家的西瓜地里吃过西瓜，那瓜真是太甜了，甜到人的骨髓里去了。现在，二叔肯定在家里，正吃着二婶给他做的热乎饭。瓜地里肯定没人，我又是轻车熟路，不偷他家的，还能是谁家。

会飞的硬币

我领着他们俩来到二叔家的瓜地。因为知道二叔家的瓜庵子在唱"空城计",也就不用铁牛望风了。在瓜地里,我摘了两个大西瓜,让高娃和铁牛一人一个,往地头抱。当我在挑第三个熟瓜的时,被地头的一声大喝惊住了。

等我站起来一看,高娃、铁牛早已没了人影,只见二叔扛着一把铁锨向我走来。我想撒腿就跑,早被他铁塔般的身躯挡住了。

他瞪着眼,拽着我的胳膊说,你的胆子咋就这么大?竟敢伙同村里的孩子,糟蹋自家的西瓜。走,跟我见你爹去。说着,就拉着我往家里走。

走到家门口,我看见父母在院子里纳凉。我扒着门框,死活就是不进去。二叔吓唬道,你松手,再不进去,我就报案,让警察来抓你。我一听警察,怕了,乖乖地跟着二叔进了院子。

父亲惊异地看着我和二叔,说,你俩是咋了?

二叔脸红了,不好意思地搔搔头,嘴里却笑着说,哥,我前几天给你们送的西瓜,是不是吃完了?

父亲说,没呢。

母亲听了二叔的话,看我红着脸,说,你是不是到你二叔瓜地里去了。

我只好老实交代,我就摘了两个瓜。

父亲听了,腾地一下从凉椅上蹦了起来,嘴里嚷嚷着,小时偷针,大时偷金。我让你给我偷,说着,捡起地上的凉拖鞋就要拍我,幸亏被二叔拉住了。

我翻了一眼父亲,嘀咕着说,昨天我跟你要钱,谁让你不给我。

父亲说，我不给你钱，你就去偷瓜了。你二叔给的瓜，还没吃完，你偷那瓜干什么？

我忍着眼中的泪，说，你们大人都可以提着礼去医院看人，我们小孩子就不能去医院看个人？我们老师病了，我们想摘几个瓜，提着去看老师，不行么？

二叔听了我的话，哈哈地笑着说，唉，原来是这么回事，你怎么不早说。走，你要几个，现在二叔就给你摘几个。说着，又将我往门外拽。

（发表于2014年7月《三原文艺》）

鸟　窝

李小城因为一坨鸟屎，对自家院子树上的鸟窝，由爱生恨。他叫来小伙伴，准备抓住树上的小鸟，毁掉鸟窝，可鸟妈妈的举动，让他的想法得到改变，也对他以后做事产生了影响。

院子树上有个鸟窝，鸟儿整天叽叽喳喳叫个不停。

李小城上学归来，总要抬起头来，透过浓密的树叶，看鸟窝里的小鸟伸出毛茸茸的头，东张西望。再看看那叼着虫子，飞进飞出的鸟妈妈，他感到快乐极了。

有一个星期天，李小城领着两名同学，来看他家树上的鸟窝。

会飞的硬币

就在他得意扬扬的时候,他觉得脸上凉凉的,用手一摸,原来是一坨鸟屎。那两名同学看着他狼狈的样子,哈哈大笑起来,这让李小城很没有面子。

他对树上的鸟窝由爱生恨,他决定戳了鸟窝,抓住小鸟,看鸟妈妈再敢不敢这样无礼。

他找来了长竹竿,想用竹竿戳掉鸟窝。他举起了竹竿,鸟妈妈吓得扑棱棱飞了起来,从这个枝头到那个枝头,惊恐地叫着。可惜,长竹竿有点短,够不着。他就让那两个同学搬来凳子,给他扶着,他站在凳子上用杆子戳,还是够不着。他们折腾的满头大汗,仍对高高架在树杈上的鸟窝无能为力。

最后,他想到了爬树。在两名同学的帮助下,李小城爬上了树。鸟妈妈望着李小城的举动,似乎发现了自己孩子面临的危险。它睁着愤怒的眼睛,扇动着翅膀,摆出同归于尽的架势,向李小城扑了过来,要啄他的脸。李小城心中一惊,双脚紧紧地蹬在树杈上,两手抓紧枝条,身于向扑来的鸟妈妈一闪,鸟妈妈飞过去了。尽管失败了,但鸟妈妈仍然在李小城的头上飞来旋去。李小城小心翼翼地接近了高处的鸟窝。他的手终于摸到了鸟窝,窝里的小鸟惊叫着,鸟妈妈又向他的手扑来,要啄他的手。李小城的手一抖,鸟窝掉在了地上,鸟妈妈发出凄惨的叫声。

李小城的同学跑了过去,看着地上的雏鸟,对树上的李小城说,一只鸟死了,只剩下两只小鸟了。

李小城心里叹道,可惜了。这时,鸟妈妈顾不上李小城了,在树下两个同学的头上飞来飞去,因为那俩同学手里,各自拿着一只小鸟，在赏玩着。

李小城趁机会下了树，捡起地上的那只死了的雏鸟，看了看，刚扔在地上，院外跑进来一只猫，叼着雏鸟跑走了。李小城向那两个同学讨要雏鸟，他们不给，笑嘻嘻地拿着雏鸟跑出了门，就不见了踪影。

李小城找不到他俩，就回到了院子，捡起那个鸟窝，拿在手中，坐在树下的凳子上，不停地观赏着。鸟妈妈飞走了，是不是去追逐他的同学，寻找他的孩子，他不得而知。

那天下午，李小城心里空荡荡的。他报复鸟妈妈后，心中没有成功的喜悦，而是充满了失落感。

鸟妈妈再一次飞回来，已近黄昏，它的鸣叫，令人心痛。一连几天，它在院子的树上，就这样断断续续地鸣叫，充满了悲戚。

李小城听着这声音，似乎醒悟了过来。鸟窝是鸟妈妈的家，自己不仅毁了它的家，而且残害了它的骨肉，它怎么能不伤心。

李小城十分的懊悔，后来，李小城又一次爬上了树，将鸟窝放在了树杈上，可是那只鸟妈妈，再也没有来过。

多年后，李小城当上了拆迁办主任。当他的上司以及一些人，建议他用铁的手段对付那些钉子户时，他就会想到自己家老院子大树上的那个鸟窝。

（小小说《鸟窝》发2015年《天池》第七期）

换　瓜

在那个钱非常短缺的年代，人们用实物进行交易。这篇小说中，姥爷背着麦子，领着小主人公，去瓜地里换瓜，没想到，因为五角钱，与看瓜人发生了纠缠。

记得小时候，每到放暑假，我都喜欢去姥爷家。在姥爷家记忆最深的，就是跟着姥爷去换瓜。

离家时，姥姥拿着碗，不停地从麦囤里往袋子里装麦子。姥爷提提袋子，说，差不多了，差不多了。可姥姥说，再装点，再装点，一边说着，一边又将两碗麦子倒进了麦袋子里。

炎炎烈日下，姥爷带着草帽，左手扛着肩上的麦袋子，右手紧紧牵着我的手，在蝉的鸣叫声中，走过一段崎岖的山路，趟过一条小河，再爬上一道小山坡，就到了瓜地。瓜地不大，也就二亩左右。在瓜地的中央，有个人字形的瓜庵，看瓜人就躺在瓜庵的床上。床边放着一个小桌子和几个小板凳。桌子上放着半块西瓜，西瓜旁放着刀和抹布。桌子腿旁边，趴着一条吐着长舌头的黑色土狗。

狗听到有动静，看着我们，就狂吠起来。看瓜人被狗的叫声惊醒了，他骂着狗，跳下了床。这时，姥爷和我已经从地头走到了瓜庵下。

第一辑　少年拾趣

姥爷放下肩上的麦袋子，说，换瓜。

看瓜人笑眯眯地说，知道，快坐下，先吃瓜。说着，拿起桌上那半块瓜，看了看，皱眉说道，这个不新鲜了。

姥爷说，能吃就行。

此时，我走了很长的山路，喉咙早都冒烟了，能吃到西瓜就不错了，哪里顾得上挑肥拣瘦。可看瓜人还是放下了那半个西瓜，从桌子底下，挑出来一个颜色比较深，个头比较大的西瓜，挥起雪亮无比的刀子，随着咔嚓、咔嚓的声响，西瓜就被分成了小块，绿色的皮，红色的瓤，黑色的籽儿，让人垂涎欲滴。

我本来在那人切瓜的时候，就伸出手，准备拿瓜吃。姥爷用眼睛示意我，我又缩回了手。

看瓜人笑着说，让孩子吃嘛，到瓜地里来了，就先吃个饱，再说换瓜的事。看瓜人说着，将两块西瓜分别递到了我和姥爷的手中。

姥爷只吃了两小块西瓜，就和看瓜人谝着夏粮的收成，而我，吃了一块又一块，直到肚子胀得装不下了。

待我吃毕，姥爷和看瓜人才说换瓜的事情。

姥爷问，今年换瓜是啥行情？

看瓜人说，一斤麦子换一斤半瓜。

姥爷说，不会吧，前几天，在我们村子里来换瓜的，都是一斤麦子换二斤瓜哩。

姥爷和看瓜人争来辩去，最后俩人都妥协了，一斤麦子换一斤八两瓜。看瓜人将麦子用秤过了之后，很快就算出来瓜的

会飞的硬币

斤两，然后，就到瓜地里去为我们摘瓜。摘来的瓜，过秤后，很快装满了姥爷的麦袋子。

走时，姥爷觉得好像沾光了，心里实在过意不去，就从自己的身上摸出一元钱来，硬塞给看瓜人，说是吃瓜的钱。看瓜人不要，说哪里有在瓜地换瓜不吃瓜的，在瓜地里吃瓜不要钱，这是惯例。说着，又将钱塞到了爷爷的手里。但爷爷的脾气很倔，还是将钱扔在了桌子上，扛着西瓜袋子走出了瓜地。

就在我们走上回家的路时，看瓜人气喘吁吁地赶了上来，对姥爷说，老哥，你怎么将草帽忘了。

姥爷一看，可不是，看瓜人手里拿的，正是爷爷的草帽。

爷爷道声谢，拿起草帽，戴在头上，和我踏上了归途。

回到家里，爷爷放下瓜，取下帽子，倒放在桌子上。可我却在爷爷的帽子里，看见了爷爷给看瓜人的那张纸币，被紧紧地黏贴在帽子里。

（发2015年8月24日《陕西农村报》）

学　费

姜伟的儿子因为跟人下棋，输掉了学费，躲在家里，四门不出。姜伟从工地赶回家，语重心长地对儿子说了一番话，使儿子明白了一切。

第一辑　少年拾趣

姜伟站在高高的脚手架上，一手拿泥刀，一手拿砖，正将砖使劲地砌在墙上。

这时，姜伟的手机响了，电话里传出了老婆的声音。

老婆说，你有空么？快回家一趟。

姜伟冲电话里喊着，我们工队刚接到活，忙着赶工期，哪里有时间。

老婆说，你的宝贝儿子回来了，你回不回，看着办。

姜伟听到这里，他身子一晃，幸亏抓住了身边的砖墙。

他定了定神，说，好，我马上就回来。

姜伟的儿子是一名大二的学生。姜伟常常为自己培养了一名大学生而自豪。工地上的活再苦再累，他都不怕。为了让孩子安心读书，出再大的力，流再多的汗，他都心甘情愿。

这不是刚开学才两三天，儿子怎么就从学校回来了。

他想不通，就问老婆。

老婆说，你回来就知道了。

儿子上学事大，姜伟就给工程队队长请假。

队长皱皱眉，沉吟了半晌，最终还是给他批了假，但要让他速去速回。

姜伟匆匆地到车站排队买票，搭上了回家的列车。到来家里，不见儿子的身影，只见老婆坐在沙发上，红着眼睛，不住地抹眼泪。

姜伟问老婆，儿子呢？

老婆向他指了指套间的门，姜伟用力一推，门反锁着。他敲了敲门，里面没声响。

会飞的硬币

他摇了摇头,坐在老婆身边,问老婆怎么回事?

老婆白了他一眼,说,还不怪你。

姜伟疑惑地说,我怎么了?

老婆说,我一再给你讲,让你陪着孩子去交学费,你却将钱全部给他打在了卡上。这下可好,他将学费全部让人家给骗走了

什么?钱被人骗了,怎么可能呢?这么大的人,又不是小孩子。

老婆说,你的儿子,你还不了解,从小痴迷象棋。那天,你将钱打在他的银行卡上,他就去学校附近的银行取钱。在路上,看到一堆人围着个象棋摊,在赌象棋。他看着看着,就多嘴说了一步棋。人家就让他下,结果他就下了。开始还赚了200元,对方就不跟他下了。周围人就起哄,让他继续下。他就从银行取来了所有的钱,压了500百元,结果又赢了500元。最后,对方起身要走,周围人夸他棋下得好,赌大的。结果,他将学费全部押上了。这次,将学费输了个精光。原来周围的人大多是托,都在骗他。等他清醒过来,想报警,找人理论,可人家早已跑了。唉,你说这孩子,怎么这么傻呢?

姜伟听了老婆的诉说,知道了事情的来龙去脉。要是放在过去,他非揍儿子一顿不可。现在,孩子大了,他知道只有给儿子讲道理了,打儿子是解决不了问题的。

他拖着沉重的步子,来到儿子的房前,欲敲门却放下了手。

他说,小子,我知道你被人家骗了,心里痛苦。你可知道,老爸比你还难受。为了给你挣这学费,老爸在工地上辛辛苦苦干了半年多,眼看就要结工资了,老板却跑了。我们工程队里的工人都没有拿到钱,可许多人跟我一样,等着拿到工钱,给孩子交学费。我

们那个恨呀，没办法，只好找政府。政府最后拿出一些钱，解了大家的燃眉之急。你的那个学费，就是我从政府手中领到的钱。老板没抓住，我们工程队一个多月没事干，你想那个闹心。现在终于找到活了，我高兴，我还可以为你挣钱。钱被骗了不要紧，就当作是给社会交的学费，关键是你要吃一堑长一智，以后，你可要好好学习，不要再被人家当猴耍。

姜伟说完，细细地听到房间里传出轻微地哭泣声，他悬着的心总算放了下来。

（发表于2014年11月25日《左江日报》市井版）

鸟　道

大雁要飞向南方，灰雁告诉它，道路上有凶险。但大雁并没有听灰雁的劝告，为了早日见到留在南方的父母，它毅然飞向南方。

天气慢慢变凉，树上的黄叶眼看就要落尽，邻居们都互相招呼着，飞向南方。

大雁还没有动身，它在等朋友灰雁。它们相约五天后，一起飞往温暖的南方。

一个礼拜过去了，眼看林子的鸟飞尽了，可还是没有灰雁的消息。大雁着急了，它怀疑灰雁是不是丢下它，私自飞走了。

它想证明自己的判断，就在一个冷意袭人的早晨，它飞过了几

会飞的硬币

条河流，越过了几座山川，终于到了灰雁所住的村落。

大雁看到了令人吃惊的一幕，灰雁正和几个邻居忙着加盖它们的巢。

它问灰雁，你们不打算去南方了吗？

灰雁看了它一眼，冷冷地说，南方还敢去吗？

大雁说，怎么不敢去，我的邻居都搬走了。

灰雁说，它们可能还没到南方，就将命搭上了。

大雁说，怎么可能呢？

灰雁说，你不信，我引你去看看，你就明白了。

灰雁领着它来到一只雁子的家里，只见那只雁子卧在巢里，不住地哀鸣。

灰雁说，它是在飞往南方的途中，被人用弹弓打伤了腿，最后，它不得已返了回来。

接着又来到一只瞎了眼的雁子跟前，灰雁说，它还算幸运，仅仅被人用气枪打瞎了眼，而它的同伴现在都变成了人类的美餐。

灰雁正在给大雁说着话时，又飞来了一只雁子，它叙述了自己在去南方路途中遇到的情形。

它说，就在自己和同伴们躲过人类用弹弓、气枪、毒气设置的种种障碍，一步步接近南方的时候，没想到危险也在悄悄降临。那是一个暮色沉沉的傍晚，它们在高空展翅飞翔。谁想到，飞在前面的同伴们碰到了一张巨大的天网上，随着火光的闪烁，噼噼啪啪的声响，一股烧焦的气味弥散开来，同伴们惨叫着，就跌了下去。幸好，它走在后面。看着同伴们一个个死去，它吓得魂飞魄散，不知哪里来的勇气，它调转了方向，展翅向原来的家飞去。

为了躲过人类的捕杀，它昼伏夜行，经过好多天提心吊胆的飞行，终于回到了家。

这只雁子说着自己的经历，眼泪禁不住地往下流。

灰雁说，迁徙的道路太危险，我和邻居们商量好了，今年准备不去南方了，要留在家里过冬。我们相信，温暖的巢会使我们度过这个冬天的。

灰雁看着大雁，满怀关切地说，你也别去了吧，还是改掉自己的生活习惯，将房子盖厚点，待在家里还是比较安全的。

大雁决绝地说，不，我一定要去南方。

其实，大雁要去南方，还有一个重要的原因，它没有告诉灰雁。那是在去年春回大地的时候，父母知道飞往北方的路也很凶险。于是，他们就留在了南方。而大雁却没听父母的话，偷偷和邻居回到了北方。

现在，为了再一次回到父母的身边，它又一次踏上了那条充满陷阱的鸟道。

（发表于2013年《天池》第八期）

第二辑　田野的风

　　随着城镇化的推进，记忆中的家乡越来越模糊。家乡的小木屋、田间的小路、村子里的小池塘……，都成为往日的云烟。在钢筋水泥混合土构筑的城市里，想象着家乡的鸡鸣犬吠，想象着家乡的炊烟，想象着家乡黄昏牧羊人清脆的羊鞭，想象着家乡的一切，你是否感受到，有一阵风，犹如家乡田野的风，正向你徐徐吹来。

村主任不在家

　　村主任为啥不在家？原来村办企业受不了乡镇政府的吃拿卡要，他们用村主任不在家，来哄弄乡镇领导。可这次来的是一位新镇长，结果会怎样呢？

　　村主任周大旺正在和几位村干部研究着村办企业的事情，电话铃声疾风骤雨般地响了起来。

　　副村长兼獭兔养殖场副场长急忙过去接了电话，他接完电话，

第二辑　田野的风

对村主任说，刚接到镇政府办公室打来电话，说新任镇长下午要来村办企业检查工作，让村上做好接待工作。

周大旺听了村副主任的话，黑瘦的脸立刻又拉了下来，眉头拧成了一根绳，嘴里嘟哝着说，接待，接待个怂。说完，就一屁股坐在了沙发上，抽起了闷烟。

这时，几名村干部开始谈论了起来。

村副主任说，咱们还是接待吧，无论怎样人家也是新来的领导，咱们不能因为一点小小的损失，得罪了上头。

周大旺白了村副主任一眼，仍然没有吭声。

村会计说，你说得轻巧，咱们每年接待上头领导检查工作，光接待费一项就十几万，还不算他们从咱们养殖场捎带走的獭兔。

村养殖场技术员也接着说，是啊，要是放在往年，咱们养殖场效益好，这点也不算什么。可今年，獭兔市场低迷，利润小，快到年底了，给村民们分红的钱都凑不够，他们还来，简直是趁火打劫。

又有人要说话，周大旺摆摆手制止了。周大旺接着说，我当时从部队上退伍下来，一心只想带着父老乡亲脱贫致富，如今獭兔养殖场已经建立起来了，咱们村子也富起来了，我当不当这个村主任也无所谓。现在，咱们养殖场效益尽管不好，可瘦死的骆驼比马大。他们来了，你们该怎么着还怎么着。要是领导问起我，你们就说，我不在。说完这话，他就走出了办公室。

下午，新镇长一行说来就来了。新镇长听完镇政府办公室主任对村干部的介绍后说，嗯，怎么不见你们那位大名鼎鼎的周主任？

村副主任红着脸说，不好意思，我们主任不在家。

新镇长喔了一声，点点头。

村副主任和镇政府办公室主任要领着新镇长去会议室听汇报。新镇长说，咱们还是先去养殖场看看吧，然后再听汇报，汇报可要实事求是，说着，首先大踏步地向养殖场走去。

村副主任和镇政府办公室主任都摸不准新领导的意思，按照以往的惯例，领导来检查，都是在办公室里简单地听听汇报，领导再象征性地讲讲话，再到养殖场拍拍照，然后再往领导一行的车后厢里塞上獭兔，就直奔酒店，喝得昏天黑地，才算结束。可今天，新领导竟然打破了惯例，葫芦里到底卖的什么药，谁也弄不明白。村副主任和镇政府办主任心情都很复杂，无奈地跟在新镇长后面走。

来到养殖场，新镇长边参观边让村副主任说说养殖场现在的具体情况。村副主任拿出汇报材料，正要读。新镇长笑着说，这最基本的你还记不住，非拿报告念不行？

村副主任又一次红了脸，他搔了搔头，尴尬地说，以往迎接领导检查，汇报的都是主任，他把养殖场的情况都装在脑子里。现在他不在家，我这是赶着鸭子上鸡架，没办法。

新书记笑了笑，说，好了，不难为你了，你就按着稿子念吧。

听完汇报，新书记说，我虽然刚刚来到镇上任职不久，可我早已经听说了，镇上的主要经济来源主要靠的是咱们村子里的这个养殖场。小渠无水大河干，我们要让镇经济状况好转，首先就要从你们这个养殖场抓起来，想方设法帮助你们把这些獭兔销售出去，让养殖场重新焕发生机。同时，也请你们转告周大旺同志，我明天还

第二辑　田野的风

会来找他研究振兴养殖场的事情的。

说完，就走出了养殖场。远远的，他看见几名工人正在往他们的车上装獭兔。他的脸立刻阴了下来，叫来了镇政府办主任，指着远方的人和车说，你们都这样干，难怪人家村主任不在家。你们就这样好好干吧，说完，就冷笑着走了。

晚上，村副主任和几名村干部将新镇长检查工作的情形汇报给了村主任周大旺。周大旺拍了一下嘴巴，后悔地说，唉，你看我这嘴，遇见这样的好领导，我怎么能说自己不在家呢？我现在就去找他，说着，就从衣服架上拿了件衣服，消失在了茫茫夜色之中。

（发表于2013年12月13日《陕西农村报》黄河浪花副刊）

大师的尴尬

大师因为自己的作品获奖而成为大师，可这个大师回到家乡，面对村民，面对乡镇领导，所遇到的烦心事，令大师十分尴尬。

自从大师的作品不断在国内外获奖后。大师就声名鹊起，成了小城的名人。

做了名人的大师，生活不断受到外界干扰，十分苦恼。后来大师就想到了自己的家乡，那里有清澈的蓝天，明净的湖水，绿油油的庄稼，所有一切都是那么的寂静与安详。

35

会飞的硬币

于是在某个清晨，大师和妻子驱车踏上了回乡之路。

两个多小时后，车就到了家乡的小镇，在入村的路口，围了很多人。

那些人远远地看见，大师的车过来了，就高兴地喊："领导来了！领导来了！"

大师将车停住，摇下车窗问："怎么回事？"

人群哗的一下，像潮水一样涌了过来，包围了大师的车。

大师的妻子看到这个情景，面如土色，吓得瑟瑟发抖，手紧紧地拽着他的衣襟。

大师强作镇定，下车说："你们挡我的车干啥？"

人群里就有人说："你们领导，不给我们解决问题，就别想从这里过。"

大师说："我不是领导。"

有人说："前一个来的领导，也这么说，不是领导还开着车。"

也有人说："瞧，连小蜜都带来了，还说不是领导。"

大师紫涨着脸说："别胡说，那是我老婆！"

就有人说："看，脸色都变了，还老婆呢？"人群里就发出一阵哈哈的笑声。

无论大师怎样解释，这些群众还是堵着路口不让过。

幸好这时路上过来一个骑摩托的，大师一眼就认出是自己小时的玩伴三胜。大师急了，就喊三胜。

三胜一愣，近前细看，也认出了大师。他打量了一下大师，又朝车子里瞅了瞅，笑呵呵地说："你当官了？"

第二辑　田野的风

大师笑着说："哪儿啊！车是我自己买的，里面是你嫂子。"

三胜嘿嘿地笑着，不说话。其他人看见三胜跟大师认得，也就不闹了。

大师从三胜的口中得知，村里进行新农村建设，强征土地，村民的耕地越来越少，就向上反映。领导来看了说："我们开会研究研究，再解决。"说完就钻进小车，一溜烟走了。就这样来了一个又一个领导，半年过去了，问题还是没有解决。于是，村民无奈地堵上了路口。

大师听了说："好，那我到镇政府去给大家反映一下，看怎么样。"

村民们都说好，给他让开了一条道，大师的车就开向了镇政府。

众人看着大师的车远去，都说："明明是领导，还装着说不是。"三胜站在那儿，也在笑。

大师来到了镇政府大院，这么高级的小轿车，还有红颜佳人作陪，肯定来头不小。

镇政府大大小小的领导，都出来迎接。大师来到镇长办公室，将自己的文联会员证递给镇长，然后说了自己的事情。

镇长看了看会员证，皱着眉头听大师把话说完，问道："你这文联会员，属于科级还是处级？"

大师笑着说："这不过是一个身份证明，并没有什么级别。"

听了此话，镇长的脸一下子就拉了下来，说："我一个堂堂的正科级干部，凭啥听你的？"

37

会飞的硬币

大师顿时噎在了那里，不知道该说什么好。更为糟糕的是，他不知回去怎样向村民交代，觉得自己挺尴尬的。

（发表于《幽默讽刺精短小说》2009年第4期）

地不骗咱

刘山出外打工，虽然没有拿到工头所许诺给他的钱，但也拿到了一份工资。可没想到，在回家的路途上，他的遭遇，使他想起了妻子的话，地不骗咱。

村子里到外面打工的人是一拨接一拨。刘山看得心里直痒痒，也想出去闯闯。

妻子鄙夷地说："就凭你，老实巴交的，还能到外面挣来钱？还是好好在家里种那几亩地吧！"

刘山就是不信这个邪，他偏要出去，非找到工作不可。他暗暗发誓，一定要挣到钱，长长自己的志气，好让妻子瞧瞧，不再把他看扁。

刘山进了城，很快就在建筑工地上找到了活。刘山之所以能够找到工作，还在于他平时跟出外打工的人经常在一块聊天。什么地方工作好找，什么地方工价高，他都了如指掌。

刘山的工作是筛沙子，他筛得又快又好，深得工头的喜欢。一

第二辑　田野的风

天下大雨，工人们都扔掉了工具，钻进房子里去了。只有刘山一个人，将工地上的重要工具整理好后，才往回走。此时的刘山，被雨淋得湿漉漉的。

工头就在全体工人面前表扬了刘山，并且说给刘山每个月多加50元钱。刘山脸上发出红光，心里乐滋滋的。这以后，每天下班，他都要整理完工地上乱七八糟的工具再离开。

到了月底，工头发工资的时候，先发完了其他工人的。然后，将刘山拉到一边，将一沓钞票塞到刘山的手里，说："兄弟，对不住了，本来是要给你加工资的，可现在手头紧，不好意思。"

刘山拿着工资，觉得比他在家种地强多了。他边数钱边咧着嘴说："没啥，没啥。"刘山仍然如往常一样，不仅做完自己应做的工作，还要继续做额外的工作。

几个月下来，刘山虽然没有拿到工头许诺的额外工资，可也有了一笔不小的收入。这几乎是刘山和妻子在地里劳作一年的收入。

刘山激动地给妻子打电话，说他挣到钱了。妻子说："你赶快回来吧！六亩苹果、五亩玉米，我一个人忙不过来。"

刘山犹豫了一阵说："要么，我给你寄钱，你雇个人吧。"

妻子说："村里的人都出去打工了，家里剩下老的老，小的小，我找谁去？"

妻子又说："你挣了钱，刚好，苹果要施肥，玉米要浇水，都要花钱。你先回来，等忙完了农活，再去。你放心，地不会骗咱，今年肯定是个丰收年。"

会飞的硬币

刘山想了想说："好，我回去。"第二天，刘山就搭上了回家的列车。到了县城，刘山将行李放在站牌下，等待着进镇的公交车。

这时，从远处向刘山这边走过来一个人。他对刘山说："老乡，回家啊！"

刘山听到了熟悉的乡音，心里一阵激动。那人就蹲在刘山旁边，给刘山递了一根烟，两个人一边抽烟，一边聊着天。

刘山抽了几口烟，人就有些迷糊了。只见那个人喜形于色地站了起来，从他身上摸出钱，装进了自己的口袋。刘山想反抗，手脚却没有一点力气。他想喊，却一点声音都喊不出来。眼睁睁地看着那个人消失了。

刘山流出了泪，他的耳边，又一次响起妻子的话——地不骗咱。

（发表于《天池小小说》2009年01期，2010年选入《小小说方阵陕西卷》）

还是家乡好

为了在个人成就方面超过老同学张阳，他好多年不回家，在城市里打拼，直到小妹结婚，他实在没办法推辞，回到家里，他才明白了一切。

第二辑 田野的风

当他又一次听到戴娆的那首《还是家乡好》,他心中不由得升腾起思乡的情绪,他仿佛听到娘的呼唤,他无法抑制自己的情感,毫不犹豫地拿起了电话……

——题记

他在工作之余,最喜欢听的是戴娆的那首《还是家乡好》,可是自从工作之后,他却从来没有回过家乡。

小妹打来电话,说,哥,咱们村里张阳回来了,赚了很多钱,将家里平房拆了,盖成了楼房,你啥时回来呀?

他说,快了,快了。

挂了电话,他心中很不是滋味。张阳跟他是初中同学,后来,他上了高中,上大学。而张阳没有考上高中,听人说,在城市里搞装修,没有想到现在竟发财了。他一个在学校里曾经很优秀的学生,现在连一个初中毕业的张阳都不如,他觉得自己没有面目见家乡的父母,更害怕村子里的人拿他跟张阳比。

他发誓,自己一定要超过张阳。他努力地工作,拼命地赚钱。

几年后,他有了美丽贤淑的妻子,也在城市里,有了自己的窝。父母小妹亲戚来了,许多乡亲也来了。他们在夸奖他的间隙,又说到了同村里的张阳。说张阳最近回村了,开着小车,领着漂亮的媳妇。他听到这里,觉得自己没法跟张阳比,虽然有了温柔体贴的妻子,可现在仍然是公司的一个小小职员,没有自己的车。想到这里,他心里就有一阵痛,脸上很不自在,可是,谁也没有注意到他的不高兴,乡亲们仍在说着自己的话。

所有的客人都走了,他放开了音乐,听着那首他熟得不能更熟

会飞的硬币

的歌曲，轻轻地叹着气。妻子默默地来到他的身边，说，想家了，就回去转转吧。他摇摇头，说，现在还不是时机。

小妹结婚的日子，父母给他打电话，小妹也给他打电话，让他回家。他推说工作忙，让妻子带着孩子回去了。其实，他心中有个结，只有他自己知道，他要挣回面子，也要奋斗自己的私家车，风风光光、体体面面的回家。

他没日没夜的工作，终于从普通的小职员，升到办公室主任，又从主任跳到了部门经理，他有了自己想要的小车，有了自己想要的一切。

就当他和妻子选择了日子，准备回家时，他又听说，同村的张阳已经成为一家装修公司的大老板，手底下有上千号人。他的脸变得煞白，他觉得自己现在啥也算不上，虽说是一个部门经理，才管理着上百人，像这样的成绩，怎么好意思回家。在妻子不解的目光中，他又取消了回家的计划。

在以后的日子里，他疯狂的工作，闲暇仍然喜欢听《还是家乡好》。他忘我的工作表现，优异的工作成绩，终于赢得了董事会的全票通过，他成了公司的总经理。在忙忙碌碌的商海中，他忙于上下应付，左右周旋。家里的生活琐碎，有妻子和他的助理去处理。关于家乡的记忆，似乎离他越来越遥远。

直到有一天，街道对面商铺里，隐隐约约传来《还是家乡好》："漫漫风尘路，何处是尽头，难离故土难忘家。一步一回首，故乡明月好，相别已太久，儿行千里终思归，莫把泪儿空流……"那熟悉的旋律，那熟悉的唱词，使他想家的情绪油然而生，他似

第二辑　田野的风

乎看到了村口的大白杨，他似乎看到母亲颤巍巍的身影，他似乎看到小妹幽怨的目光……。他毫不犹豫地拿起了电话，唤来了助理和业务经理，吩咐了公司的具体事务，然后告诉他们自己回家的计划。

助理吞吞吐吐地说，可是明天有一个很重要客户，要和公司签约，怎么办？

他皱了皱眉，大手一挥，说，这个事先往后推一推。

业务经理想说什么，但看到他的心情不好，就没说。

他摆摆手，示意助理和业务经理可以走了。

第二天，他就带着全家启程，回到了阔别几十年的家乡。

他回到了家乡，村里的人大都来了，又说又笑，气氛很热烈，完全没有他想象的那么有压力感。更令他没有想到的是，他一直视为对手的张阳也来了。

张阳紧紧地握着他的手，笑着说，我这些年，之所以能够取得今天的成绩，第一个应该感谢的人，就是你。家乡人经常提到你在城市里的打拼，出色的成绩。我就常常告诫自己，不能松懈，要向老同学学习。

他听到这里，心里的结一下子开了。原来，乡亲们在他跟前夸张阳的同时，也在张阳面前夸了他。

张阳拍着他的肩，说，老同学，我年年回家，想见见你，可一直没有机会。你也不回家转转，这就是你的不对了。

他的脸红了，面对家乡的亲人，他觉得心里有愧。

张阳话锋一转，真诚地说，老同学，回家来感觉怎么样？

会飞的硬币

他长长吁口气,笑着说,比起竞争激烈的生意场,还是家乡好呀。

他的话,使周围响起一片爽朗的笑。

(2010年被选入小小说集《思乡酒》)

一张假币

面对一张假币,他心中百般纠结,万分懊恼。可没想到,女儿的一个小小举动,清除了他心里的魔障,使他的心归于平静。

他在商店里买烟的时候,才知道自己的钱夹里还有一张五十元的假钱。他也搞不清这假钱是工头儿在发最后一个月工资时给他的,还是工友还钱时夹在里面的。

他的烟也没有买成,在商店老板复杂的眼神注视下,他匆匆地逃离了商店,就搭上了回家的列车。

在火车上,他被这五十元假币搞得心神不宁。他不断地买烟、买水和食物,每次他都鼓起勇气,壮着胆,手颤巍巍地将假钱从钱夹里抽出,面对列车售货员真诚的目光、和善的笑容,他又胆怯了。手不由自主地缩了回去,换成了另一张钱币。火车到站了,他的包里鼓囊囊地背满了散盒烟、矿泉水,还有食物。而那张假钱仍安安静静地躺在他钱夹里。

回家以后,妻子抱怨他将石头往山里背,买那么多的烟、水

第二辑　田野的风

和食物。他苦笑了一下，心中却在寻思，如何才能将这五十元假钱，花出去。在晚上，他做了一个梦，梦见自己将假钱花出去了，他高兴得笑了。妻子将他从梦中唤醒，他望着窗外的月光，怎么也睡不着。

第二天，他听说村主任给儿子结婚，在街道食堂办酒席。他想机会终于来了，他就和本家大伯一起去参加。

他问大伯："行多少礼？"

大伯说："按村上的惯例二十元钱。"

他说："刚好我这儿有五十元钱，咱们俩放一块吧！"

大伯同意了，他把五十元假钱给了大伯，大伯给了他十元钱。

他心里十分地高兴，觉得自己做得天衣无缝。就是被发现了，也不会怀疑到自己的身上。不过，他还是提心吊胆地看着大伯，把钱给了收礼的人。假钱被跟其他的钱放到了一块，他才放下心来，和大伯一块入了席。

就在酒喝得正酣的时候，收礼的人，笑眯眯地将大伯请了出去。他知道大事不妙，果然，大伯手里拿着那张假钱，向他走了过来。他假装没有看见，大伯就在他后面，用手按了按他。他明白大伯的意思，就悄悄地接了假钱，又给了大伯三十元钱，大伯重新上了礼。

假钱又回到了他的身边，他十分地懊丧。也因为这张假钱，大伯也生气了，就连回家，也和他不往一块走。但他还不罢休，仍在想，如何才能将这假币，再一次用出去。

假币在他的钱包里，待了十多天。它就像蛇一样，时时在啃着

45

会飞的硬币

他的心。

直到有一天,他和妻子准备去走亲戚,他觉得时机来了。但他又害怕,别人认出假钱来,十分的难堪。他就想到,表哥也在街道开了一家商店。把假钱给表哥,即使被认出来了,都是自己人,表哥也不会说什么。他打着这样的如意算盘,就去了表哥的商店。

表哥对于他的到来,十分的高兴。他一边和表哥谈着话,一边毫不犹豫地拿出了假币给了表嫂。表嫂就给他取了礼品,并给他找了零钱。

他提着礼品正要走,表嫂叫住了他,他心里一愣。表嫂笑着说:"那个礼盒太小了,提着不美观,来给你换一个大点的。"

他也没有在意,就将礼品递了过去,表嫂就给他换了大的,他就提着回家了。

回家以后,妻子吃惊地问,你怎么拿了那么大的盒子?说着,就将盒子里的礼品取了出来。妻子又一次惊讶地说:"咦,这盒子里怎么有五十元钱?"

他急忙跑过去一看,可不是,那张假钱仍静静地躺在盒子里。他像泄了气的皮球,一下子跌坐在椅子上。

妻子将那五十元钱,放进了抽屉里。他想,走亲戚回来后,再想办法处理这假钱吧!就和妻子走了亲戚家。

傍晚时分,他们回到家。一进屋子,他们就发现,放学归来的小女儿,正用剪刀,将那张假币,绞成了碎末状,玩得正高兴。

妻子跑了过去,一把夺过剪刀,手举了起来,就要打女儿,小女儿吓哭了。他急忙拉住妻子的手说:"孩子还小,她懂什么,不就是五十元钱么。"

其实,他挺感谢女儿的,女儿剪坏了假币,似乎也除去了他身上的疾病,使他的心从此平静了下来,他不再为这五十元假钱所烦恼。

(发表于2009年《辽河》第六期)

酒　事

大哥喜欢独享好酒,可看到老表将自己珍藏了一瓶上千元的好酒与人喝了,喝得很幸福,这使大哥改变了想法。大哥也想将自己的幸福与人分享,可结果,大哥珍藏的酒不见了。

大哥认为老表很傻,怎么能那样喝酒?一瓶上千元的好酒,竟和大家一块喝了。

大哥柜子里也有一瓶好酒,那是儿子知道大哥最大的爱好后,在一年回家探亲时,给他花大价钱带回来的。

大哥尽管嗔怪儿子破费,但他还是很欣慰地接受了儿子带回来的酒。大哥舍不得喝,他将那瓶酒锁进柜子里。平时,他想喝了,都用的是几十元的酒,从来没有打开过那瓶酒。只是有时,想儿子了,他才拿出那瓶酒,翻来覆去地看一遍,心里就很满足。

喝酒,赶快喝呀,想什么呢?

会飞的硬币

老表和众人都催促着大哥,大哥终于端起那杯酒,灌进喉咙,只觉得满嘴绵延生津,回味无穷,感觉神清气爽。

大哥心里咯噔疼了一下,这么好的酒,一顿就喝完了,岂不可惜?

正想着,老表问他,感觉咋样?

大哥咂咂嘴,放下酒杯,竖起大拇指,说,好酒,确实是好酒。

老表听了很高兴,他笑着对众人说,这酒是女婿从上海捎回来的,可是坐飞机过来的,大家要好好喝。说着,他又给众人斟满了酒。

大家喝着酒,都恭维着老表。有人说,老表真是有福气,有个好女婿,知道孝顺丈人;有人就说,错了,错了。女婿好,关键是女儿好,女儿孝顺;有人插话说,女儿孝顺,还不是女儿手头宽松,有钱买好酒,没钱拿什么来孝顺父母;有人接着说,还是老表厉害,将女儿教育培养的好,才能享受到今天的口福;也有人说,说来说去,还是老表大方,今天我们能喝到好酒,还不是托老表的福气。

众人的夸奖、赞美,将酒场的气氛推到了高潮,老表满脸红润,散发出骄人的光彩。

这时,有人端着酒,醉醺醺地问大哥,咱们啥时喝你儿子的酒?

此时的大哥,已经彻底明白了,酒要大家喝,才算是最幸福的。

于是,他打了个响亮的酒嗝,拍着腔子说,我……我也有瓶好酒,下次,我请…请…大家喝酒。

众人都说好,老表也走过来,拍着大哥的肩说,那下次就看兄弟了。

过了几天,大哥心里一直记着他应承的事情。他想用好酒招待老表和众人,给自己脸上挣点光。

第二辑　田野的风

可他打开柜子，却发现那瓶酒不见了。

他就问大嫂，大嫂说，前几天，娘家兄弟盖房上大梁，她看到那瓶酒盒子很阔气，将那瓶酒送给了娘家兄弟。

大哥很生气，可面对比自己高出半截、目光咄咄逼人的大嫂。大哥叹了口气，摆摆手说，算啦，送了就送了，不就是一瓶酒。

话虽这样说，可大哥觉得自己一定要在众人面前挣回面子来。想来想去，他就决定给儿子打个电话，希望儿子尽快能给他带瓶好酒回来。可从儿子那很不利索的话语中，他感觉到，儿子这次能不能给自己争光，他心里一点谱都没有。

（发表于2013年5月18日《三原文艺》第14期）

李保开路

下雪了，公路上落了很厚的雪。李保号召村里人扫路上的雪，无人响应，一件事的发生，使众人都参与到了扫雪开路的队伍中。

一年前，五十多岁的李保，从养路站退休了。退下来的李保，经常喜欢在村前的公路边溜达。

快到年关了，一场大雪纷纷扬扬地降了下来，盖住了田野，也封了公路。李保看着公路上的汽车，一辆辆就像蜗牛一样，在小心翼翼地缓慢爬行。他看在眼里，急在心里。

会飞的硬币

第二天大清早，他就一骨碌从热炕上爬了起来，扛着铁锹、扫帚，就开始清除路面上的积雪。起初，天还未大亮，路上的车辆比较稀少，他清除起冰雪还比较方便。到了后来，车多了，他在公路上就有一些碍眼。

有的司机很理解他的行动，伸出头来，向他致意微笑；有的司机，行驶到他跟前，狂按车号；而本村的司机，则跟他开玩笑说："离过年还早着呢，老头子，别瞎忙活了，明天还有雪。"李保瞪着他说："闭上你的乌鸦嘴。"车过去了，他仍在继续干自己的活。

李保晚上听天气预报，听到有雪时，他脸上满是愁容。老伴说："天要下雪，你再愁有啥用？"李保恨恨的骂了一句："这鬼天气。"

果然，天又在夜晚下雪了。李保早晨一如既往，就要去开路。老伴就说话了："你真是老糊涂了，路是大家的，又不是你一个人的，凭你一个人，又能咋样？"

老伴的话，使他如梦初醒。听罢他就踩着积雪去找村主任。

村主任刚起床，听了李保要开路的事情。村主任皱了皱眉，说："我也想通知大伙去开雪路。可是，村上没有钱。现在，没钱的事情谁肯干，我也无能为力。"说着，将手一摊。

从村主任家里出来，李保忽然觉得，应该去找自己的侄子栓狗。栓狗今年刚买的车，开雪路对村里的司机来说，是最大的受益者。

李保来到栓狗家，栓狗正和妻子做早饭。李保说明了来意后，栓狗正在沉吟不语，栓狗媳妇拿着一把青菜出来说："叔，不是我们不去，快要过年了，生意太忙，实在是抽不出时间来。"

第二辑 田野的风

李保在侄子家碰了软钉子以后,他哎叹了一声,心里说:"人心不古啊!"

他回到家里,正是吃早饭的时间。老伴边给他端饭边说:"我说的没错吧!现在的人,都是各扫门前雪,不管他人瓦上霜,你积极有啥好?"

老伴看着他的脸更阴沉了,就不说话了。他刚将一碗米汤搭在嘴边,就听人喊:"车翻了,快看,车翻了。"

李保丢下碗筷,跟着其他人跑到村口,看见一辆满载货物的卡车,斜躺在沟渠中,从驾驶室里爬出栓狗,还有村主任。原来栓狗去给街道送货,村主任搭便车去街道。由于公路上的积雪,被车碾成了冰状物,光溜溜的,车轮子一下子就滑了下去。

大伙好不容易将栓狗的车从沟渠中拖了出来。为此,栓狗破费了好几盒好烟。栓狗给李保发烟时,脸上红红的。

黄昏,风凛冽地吹着,李保正在一下一下,使劲地敲打着路上的冰块。栓狗、村主任拿着劳动工具也来了。栓狗对李保说:"叔,我俩来了。"李保头也不抬地说:"来了,好,干吧!"不一会儿,陆陆续续就有很多人,加入到了开冰路的队伍里。

过年回家的时候,车行驶在结了冰的路面上。我一路担惊受怕,就在快到村口的路面上,却没有发现一块结冰的路面。于是,我便在车上,听到了一个关于老养路工开冰路的故事。

(发于2008年陕西交通报)

51

六十封信

为了守住一个公开的秘密,村里人对她守口如瓶,使她连续五年,几乎每个月都会收到儿子一封信,使她快乐、幸福地生活着。

我相信儿子会回来的,不信你看看这些信。她边说边从盒子里取出了一沓信。我数了数,到本月为止,已经有六十封信了。按她说的,儿子来福每月给她寄一封信,这说明她的儿子已经五年没有回家了。

我看着这六十封信,为她有这样的不肖儿子感到心寒。但是她拿出这些信来,心情非常好,似乎她的儿子就在她的身边。

我看着这些字体不同的信,心中充满疑惑。她的儿子来福是中师毕业的,可惜那年国家正好取消了对学生的分配政策。来福和村里的年轻人一样,踏上了打工之路。按说,来福写这些信,应该不在话下,为什么要找人代写呢?我想问个究竟,但她催着我给她读信,于是我随便拿了一封信,给她读了起来……

她听着儿子的信,面露笑容地说,这崽娃子在城里还混得不赖,领导又器重。瞬间一沉吟,她说,这孩子,也不知道给家里寄点钱,或者回来转转。但很快,她又说,孩子在外边也不容易,应酬多,花钱多,顾不上家,这才是干大事的料。

看着她花白的头发、布满皱纹的脸、佝偻的身躯,我想起

第二辑　田野的风

村里人说的，她年轻的时候接连生了五个女儿，第六胎才是一个儿子，他就是来福。她将所有心血都倾注在儿子身上，村里的孩子大都不到两岁就断了奶，而她的儿子一直吃她的奶到八岁。为了使儿子长命百岁，她步行三十里，到庙里给儿子求来了长命锁……。

当五个女儿一个个出嫁，她的公公和丈夫相继去世，就剩下她和儿子了。她辛勤地劳动，一直将儿子供到中师毕业，但儿子又不得不外出打工。

她平时除了在天地里劳动以外，就是让村里人给她读信。村里人无论忙碌与否，都会答应她的要求。她有时在人家屋子里听着儿子的信，就打着呼噜睡着了。主人也不烦恼，给她轻轻地披上一件衣服，让她好好睡上一觉。

我这次回家，她听说我回来了，就请我给她读信。父母一再嘱咐我，读信就读信，话不要多。我问为什么，父母说，不要问了，就按照我们说的做，就行了。

我给她读了好几封信。她又从上面拿出一封信，这是她的儿子最近寄的第六十封信。她说她让侄子来武读信的时候，来福在信里叮咛她以后家里活少干点，该吃的就吃，不要亏待了她自己。

这孩子简直是胡说，我要给他攒钱，还要给她娶媳妇，我还要抱孙子。她说这些话的时候，眼睛里亮晶晶的。

她不提侄子来武倒好，她一提来武，我发现这第六十封信的字体怎么越看越像来武写的。来武跟我是从小学到高中的同学，他的

53

会飞的硬币

写的字我怎能不认识。

我给她匆匆地读完信,看她还沉浸在信的喜悦之中,我就悄悄地离开了,去了来武家。来武正在院子里劈柴,看我来了,就丢下斧子,和我进了屋。

我问来武,来福给母亲寄的六十封信,为什么字体都不一样,而且第六十封信,像你的字体。

来武红着眼说,来福在五年前已不在人世了,他在城里出了车祸,抢救无效,两天后就去世了。当时,我想从医院领回尸体,大夫说前后用药共花了两万多,让我先付医药费。我没有那么多钱,便借口上厕所,回到了村里。

来福的死,在村子里已经成了一个公开的秘密。为了不让大娘伤心,村主任要求村里的人对她永远保守这个秘密,并建议村里的年轻人,按照次序,每人都要在一个月里替来福寄一封信。来武是第六十个,所以,第六十封信就是他写的。

我听了,心里沉甸甸的。我对来武说,你对村主任说,下一个月的信就由我来写吧。

走出了来武家,我长吁了一口气,心中觉得轻松了许多。

(发表于《新课程语文导刊》初中版 2008 年 11 月 25 日第 48 期)

迁 坟

施工队要修公路，贺老大却不让动他家的祖坟，使工程无法进行。后来，贺老大的儿子巧施妙计，让贺老大改变了主意。

山村要修公路，村民世世代代的梦想。终于，让他们这辈人看见了。他们激动的奔走相告，欢呼雀跃。

没有过几天，工程队就进村了。推土机、碾路机来回驰骋，又宽又平的水泥路面，就在村民的眼中，一直延伸到了村口，再转一个弯，就和大道接上了。这时，施工队却停下了。

村民们不知道怎么回事都跑过去看。他们看到，贺老大躺在推土机的车轮下。叫嚷着，谁要毁他的地，先让推土机从他身上砸过去。大伙都明白了，村路再往前修，就必须经过贺老大家里的那块地。而那块地里，有贺老大家里的祖坟。

施工队没有办法，就找来了村主任。村主任对着躺在车轮下的贺老大说："贺老大，你给我快起来！你的那块地，国家和村上都给你赔钱了，你还要啥？"

在村主任的示意下，两个年轻的后生就使劲去拉。贺老大双手抱住车辊辘，死死不松手。

村主任急了，不耐烦地说："你到底要什么，有屁快放，别藏着掖着，躺着耍赖。"

会飞的硬币

贺老大总算说话了，他说："钱算什么，那是我家的祖坟。"

施工队队长插话说："你的意思，迁坟也要钱。"

贺老大说："这与钱没有关系，反正这坟我不能迁。"

众人都搞不清楚，贺老大到底要干什么。

贺老大顿了顿说："我就是不想让路从这儿过。"

众人都明白，如果路不从这儿过，就预示着要花十几万元钱。其他人也在暗暗骂贺老大，怎么这么损，路修好了，他也走啊！

贺老大说："村主任，我想问你一个问题。"

村主任焦躁的说："你问。"

贺老大说："我大儿当时考上大学，你说什么了？"

村主任说："我说啥了，哦，我说你家祖坟冒青烟了。"

贺老大说："我女儿考上大学，你又说什么了？"

村主任不假思索地说："我说你的那块地位置好，老先人埋在那儿，后人跟着沾光了。"

贺老大说："那你说，我的小儿现在正上高三，马上要考大学了，我能迁坟吗？"

村主任说："这……"，脸上青一块，紫一块，噎在那儿，不说话了。村民也觉得贺老大说得有理，不能为了区区十几万元钱，误了孩子一辈子的前程。

施工队停了下来，晚上，村主任还是来到了贺老大家里，做他的思想工作。但贺老大没有商量的余地。村主任只好留下了几句硬邦邦的话："迁也得迁，不迁也得迁。"

贺老大掂量着村主任的话，自己当时听到修路，凭着一时心热，跟着其他人签了征地修路的合同。如今，自己反悔，显然处于不利地位。为了增加自己的分量，他就给在城中的大儿，打了电话，让赶快回来。

大儿不知道什么事情，连夜开着车往回走。结果，在回村中的路上，车翻进了沟里，儿子受了伤，住进了医院。

贺老大赶到医院时，村主任和施工队队长早已在病房里了。他不好意思地和两个人打了一声招呼，就急忙来到儿子床前。儿子拉住他的手说："爸，你看咱家这坟……"

贺老大看了看受伤的儿子，红着脸说："什么都不用说了，这坟，我迁。"说着，就走出了病房。其他人望着他的背影，哈哈地笑了。贺老大的儿子一下子从病床上蹦了下来，解下了缠在头上的白纱带。

（发表于2008年《江河文学》第四期）

捎　人

本文主人公开着三轮车进城，车上捎着村里的五婶，谁想到，半路遇到了车祸，好心做了坏事，给五婶看了病，还没完，麻烦事还在后面呢。

我开着三轮农用车，刚出县城，就碰上了五婶。

五婶左手提着行李，右手拿着小板凳，站在路旁向我笑。

会飞的硬币

我怕路上遇到意外，不想捎她。可是，都是乡里乡亲的，我又叫她五婶。如果我不捎她，她回去在村里人面前说起，村里的人还不把我看扁。

我思前想后，没有办法。只好停下车，硬着头皮跟她打招呼。

五婶边跟我说话，手扬了扬，行李和板凳就进了车厢，然后她人就往车厢里爬。

我说，五婶，你咋不让云霞妹子送你？她在县城里上班，也不缺那两个钱。

五婶说，她上班忙呀，没时间送我。

我说，就是没时间，也应该把你送到车站，让你坐个班车回家。

五婶说，她把钱给我了，让我去坐公交。我骗她就没去，想在路上碰辆回家的顺车坐。

五婶话说到这份上，我也不好说什么，就叮咛她坐好，然后就开车往家里赶。

车行驶到拐弯处，我刚打了一下方向盘，就听到一声惨叫。回头一看，五婶已被甩出了车外。我急忙刹车，下去看五婶。

五婶躺在路旁，双手抱着她的腿，不停地呻吟，喊着她的腿。

我想，五婶的腿肯定摔伤了。现在，最要紧的就是给她看病。于是，就将她轻轻抱起放到车厢里，匆匆往县医院飞奔。

到了医院，将五婶安置好。医生经过检查说，五婶双腿骨折，要交两万元的押金。我摸摸自己口袋，没有那么多钱。急得团团转时，就想起了五婶的女儿云霞，便给她打电话。

云霞来到医院，朝我吼着，你是怎么开车的，连个老人都照顾不了。

我嗫嗫喏喏不知说啥为好。

五婶似乎听见了，就唤云霞到床前。

五婶说，你别怨二胜，二胜叮咛我坐好，是我坐车没有抓好扶手。怪我人老了，太不中用了。

云霞不说话，却回过头狠狠瞪了我一眼，就转身去交费了。看着她出门的背影，我长长吁了一口气。

五婶住院期间，我天天都去照顾她，云霞为我的行动所感动，也不再抱怨我了。

我想，好人还是有好报的。可是，还未等我高兴过来，有天黄昏，家里来了两名警察，说我开农用车载人，本来就是违法的，现在又使人受了伤，错上加错。不仅要没收驾照，还要处以两千元的罚款。

此时，我才真正傻了。

（此文发于2012年4月《幽默讽刺精短小说》第六期，2012年6月《常州安全生产》第三期）

树枝上长出了白馍馍

牛伯在树上挂儿媳做的白馍，本来想羞羞儿媳，没想到，反倒弄巧成拙，只可怜侯宝的傻儿子，还天天在等待着，树上长出白馍馍。

会飞的硬币

吃午饭的时间到了，人们陆续从田地里收了工，往家走。唯有侯宝的傻儿子，在村口的大树下，仰着头，在愣愣地望着大如伞盖的树梢。

"侯三，快回家吃饭，还望什么呢？"路人说。

侯三笑嘻嘻地对路人指着树梢说："你看，树枝上长出了一个白馍馍。"

路人摇摇头，心里说："哎，侯宝命真苦，怎么有这样一个傻儿子。"

连续有好几个人，都劝侯三快回家，侯三都这样说。其中，有个人就顺着侯三指的方向望上去，心里一惊。说道："哎呀，树上真的长出了白馍馍。"路人围了过来，就在那闪烁着阳光的绿叶之间，发现了一个用红丝线绑在树枝上的白馍馍。

当大家确定这是一个白馍馍之后，侯三迅速地爬上了树，取下了白馍馍，一边大口地吃着，一边对众人说："这个馍馍真香。"

大家对这个白馍馍议论纷纷，说谁家媳妇手真巧，蒸出了这么好的白馍馍，竟挂在了树上。

听到了大家的赞美之词，从街道归来的牛伯，心中很不舒服。他本来想羞羞媳妇的脸，没有想到，弄巧成拙。

牛伯是村上的大能人，他的儿子英俊、魁梧、潇洒。却没有想到，儿子在城里打了两年工，回来时，给自己引了一个女朋友。这个女朋友，不仅个子矮，而且脸上有块疤，人又木讷。牛伯打心眼就根本没有看上这个儿媳妇。

所以两个人的婚姻，从开始，牛伯就极力反对。但他的儿子，却对牛伯以绝食相威胁。如果牛伯一天不同意，他就一天不吃饭。

第二辑　田野的风

牛伯也铁了心，心里想，看你兔崽子能坚持多久，最后还不是要乖乖得投降就范。没有想到，儿子竟饿得昏了过去，住进了医院，仍然不吃不喝。牛伯没有办法，只好同意了他们的婚事。

牛伯的儿子结婚以后，夫妻两个相敬如宾，生活得很好。但牛伯，总对他这个儿媳妇不满意，他觉得儿子找这样一个媳妇，让他的脸在村子里丢尽了。于是，在生活中，他时时处处刁难儿媳妇，但人家从不跟他计较，他也没有办法。

儿媳妇整天忙了地里，又忙家里。什么都做得好。就是不会蒸馍馍。儿媳妇将白馍馍蒸成了黄馍馍，牛伯认为机会来了。他想看看，在吃饭时，儿子怎么收拾妻子。可是，吃饭的时候，儿子吃了黄馍馍，根本什么也没有说。这使牛伯更生气了，他上街道去吃饭的时候，就顺便拿了一个黄馍馍，趁早路上行人少，就将馍馍挂在了树上。他要好好地羞一下儿媳妇的人，他为自己的杰作甚至暗暗得意。

现在，牛伯百思不得其解的是，他明明挂在树上的是黄馍馍，怎么变成了白馍馍。他在思考这个问题的时候，却没有发现，他的儿子，看着他的背影，在悄悄地笑。

在牛伯挂了几回黄馍馍，都变成了白馍馍。侯宝的傻儿子侯三，边吃边向村人夸了几回之后。牛伯气馁了，他再也不挂了。更确切地说，他再也没有黄馍馍可挂了。因为儿媳妇在树上长出白馍馍之后，好像得到了高人地指点，蒸出的馍馍，个个赛似树枝上的白馍馍。

不过，侯宝的儿子，仍然每天爱在村口的大树下，呆呆地仰望

会飞的硬币

着树顶，盼望着树上继续长出白馍馍来。这一次，再也没有人说，侯三傻了，因为说不定，哪一天，树上又会长出白馍馍来。

（发表于2009年《广西小小说》）

一个人的村庄

村子因为黄沙的侵蚀，人们都纷纷搬走了，只剩下老人没有搬走，村子变成了名副其实的一个人村庄，但老人仍然在执着地坚守着村庄。

村子已不成村子，没有鸡鸣，没有狗叫，更没有人烟。肆虐的黄沙逼近村子，河床已经干涸。村子里的人已经搬迁，到处留下了残垣断壁。

村子的西头，有两间旧瓦房，它是村子唯一完整的房子；门前有一棵参天大树，它是村子里唯一的一棵树。树下有一位久经风霜的老人，他也是村子里唯一没有搬走的人。他正失神地呆望着远处的山坡，坡上有他祖祖辈辈的坟墓。

屋子前停了一辆车，车上下来一个中年人和一个孩子，后面还跟着几个村民。

中年人说："爹，咱搬吧！"

孩子说："爷爷，咱坐车走吧！"

第二辑 田野的风

老人没有理他们,仍然在凝望着远处的山坡。中年人和村民顺着老人的目光,看到山坡上,黄沙弥漫,祖先的坟墓,不见踪影。他们不免都很伤感,沉默了。

老人回过神来,仰头又看了看这棵古老的参天大树。这棵树,是老人爷爷的爷爷,从河边移栽到门前的。老人用手,充满深情地摸了摸树,转过头来,愤愤地说:"你们走,我死也不走。"

中年人有点为难了,他今天一是要接老爷子,二是要伐这棵树。

中年人想,老人不走,主要是留恋这棵树。

中年人就让孩子将老人骗到了旁边,他领着村民就要伐树。老人甩掉小孩的手,一手将儿子推到旁边,他紧紧地靠着树,恼怒地说:"你们这些孽子,要伐树,先踩者我这把老骨头过去。中年人没有办法,就和几个村民,给老人留下了水、面、油等生活用品。中年人流着泪说:"爹,您保重。"

老人的脸抽搐了一下,摆摆手。

小孩恋恋不舍地望着他的爷爷,被中年人硬拽着上了车,等其他人上了车,车卷起了一阵飞扬的尘土。老人眼泪纵横,手不停地在拍打着树。

从此,每天太阳升起的时候,老人就将鞭子甩得山响,赶着那几只寥寥可数的,骨瘦如柴的山羊,在山坡上放牧。晚上,山羊归圈,老人就坐在树下,抽着旱烟,眼睛望着远处的山坡。

随着老人的烟锅,火一明一暗,老人就想起在黄沙离村子很远很远的时候,小河绿水荡漾,河边柳树成荫,他经常和小伙伴们在夏天里,下河摸鱼。冬天里,在河面上滑冰。傍晚,就在门口的大树下，听长辈们谈天说地。老人想到这里，脸上总荡漾着幸福的笑容。

就这样，老人在只有他一个人的村子里，年复一年的生活着。过了几年后，老人屋前的大树，不知道为什么，竟然提前干枯了。接着，老人就生病了，他望着大树，似乎感觉到，自己的生命，也就快要走到尽头了。

老人的儿子，按照老人的意思，请来了匠人，用门前的树木，给老人打造了一口棺材。

老人在病十分严重的时候，强烈要睡棺材。众人就将他抬到棺材里，他睡在里面，手无力地指了指远处的山坡，就悄然地闭上了眼睛。

老人被埋在了对面的山坡上，就这样，一个人的村庄，随着老人的入土，也就消失在漫漫的黄沙中。

（此文曾发表于《小小说大世界》2009年01期，《侨乡文学》2009年01期发表）

红樱桃

孙子小宝要吃红樱桃，王贵就去给孙子摘，结果人出事了，住进了医院。为此事，王贵受到了在远方打工的儿子和儿媳的责难。

窑崖上有棵樱桃树，结满了红樱桃。

王贵在地窑的院子里，经常抬头望着那一颗颗红樱桃，他似乎看到了一张张钞票，就长在樱桃树上。不久，就会装进自己口袋里，

第二辑 田野的风

然后给孙子大宝换回新衣裳，小宝换回新玩具。

这天，王贵像往常一样，眯着眼睛正乐呵呵地向窑崖上瞧。

不经意间，三岁的小宝拉着他衣襟在喊，爷爷，我要。

王贵回过神来，才发现小宝将手指含在嘴里，眼睛正痴痴地盯着樱桃树。

王贵摸摸小宝的头，嘿嘿地笑着说，再过几天，等果子熟透了，爷爷给你摘。

小宝噘着嘴，摇着头，说，不，我现在就要。

王贵看拗不过小宝，就说，好，你等着，爷爷上去给你摘。

王贵向老伴打了声招呼，一阵风似的上到了窑顶。

他在窑顶上找了根带钩的棍子，将樱桃树枝条钩了过来，然后就摘起了樱桃。

摘了大概两把樱桃，王贵准备放弃了。

这时，小宝在下面的院子里喊，爷爷，多给我摘几颗。

看着小宝虎头虎脑的样子，王贵就充满了幸福感。他心里乐呵呵的，又将棍子伸了出去，人的半截身子也跟着棍子探了出去，他试着钩回更多更红的樱桃。

老伴不知何时也站在院子了，她向王贵喊着，你小心点，摘不着就算了。

王贵边笑边说，没事，没事。

他正说着，窑上面就起了一阵风，随着树的摆动，王贵就像一片纸，被风从窑顶吹了下来。

等王贵醒了过来，自己躺在医院里，老伴还有两个孙子陪在

65

会飞的硬币

身边。

王贵对老伴说，这件事不要给孩子说，他们在外边打工不容易，免得他们操心。

老伴责怪地说，自己都成这样子了，还操心孩子，他们挣钱要紧，哪顾得上你和我这把老骨头。

老伴刚说完，身上的手机就响了。

王贵就笑，你看，孩子不是电话来了。

老伴将电话递给王贵，王贵听声音，原来是儿媳打过来的。

儿媳说，爹呀，你真是老糊涂了，小宝想吃樱桃，街上多的是，你怎么就想起去窑崖上去摘？现在大宝爹出远差了，你又将自己摔成这样，你不是给我们出难题吗……

王贵越听脸色越难看，后来，他就将电话扔掉了，躺在床上，闭上眼睛，不说话了。

王贵在医院住了近一个多月，一直是老伴边带小宝边照料他。病好后，王贵回到家里。

他在院子里往上瞅窑崖上的樱桃树，树上空荡荡的，没了红樱桃。

他就问老伴，红樱桃哪儿去了。

老伴说，红樱桃都给你看病了。

王贵惊异地说，看病？

老伴说，看病的钱不够用，她就和大宝将那些红樱桃打了下来。利用星期天，让大宝和小宝就到集市上去卖，用红樱桃换回的钱补贴住院的费用。

第二辑　田野的风

　　王贵又一次向上瞅窑崖上的樱桃树,他感觉到树上红樱桃还在,好像都在向着他微笑。

　　(发表于2012年《常州安全生产》第6期)

太　爷

　　堂哥曾经因为自己儿女多,让人家叫他老太爷,他甚至为此沾沾自喜,可现在呢?他最忌讳的却是这个称呼,谁喊他太爷,他就跟谁急。

　　在二弟婚礼酒席上,堂哥喝地醉醺醺的,打着酒嗝。左手放在桌面上,支撑着他的身躯,右手扶着酒瓶,踌躇满志,扫视着满桌人,说,喝,喝,都喝酒呀。

　　大家都劝他别喝了,堂哥说,喝,要喝,今天是咱兄弟大喜的日子,要好好喝。

　　有人说,你看你都喝醉了,还喝?

　　堂哥将眼睛一翻,瞅了一眼说他的人,说,我能喝醉吗,我是谁,我是太爷。

　　大家听了他的话,都笑,堂哥才过而立之年,怎么变成太爷了。

　　堂哥又打了一个酒嗝,他嘿嘿地笑着,说,你们不懂了吧,告诉你们。说着,他的右手松开了酒瓶,伸了出去,五根指头花开,

67

会飞的硬币

在人眼中不停摆动，骄傲地说，我有五个，你们有吗，大家听明白了，他说的是他有五个儿子，当然他是太爷了。

在我们村子里，大多数家庭，最多就两个孩子，谁也不敢冒天下之大不韪，要太多的孩子，一怕国家的计划生育政策，二怕孩子多养不起。但堂哥却不怕，堂哥的亲伯父在国外，不定期给他汇款，他有钱，也就有胆，既不怕国家政策，也不怕孩子多，养不起。再加上堂哥是一棵独苗，堂哥的母亲，在不住地鼓励催促他们多生多育，使堂哥一举成了村里孩子最多的家庭。

从此，堂哥的名字很少有人提起，村里的人只要提起他，总称之为太爷。堂哥听到人们对他的称呼，心里也美滋滋的。

十年后，我再一次回到家乡，我简直不敢相信自己的眼睛，村子发生了翻天覆地的变化，家家都盖起了二三层的小洋楼。我跟着二弟上了他新盖的房子，俯瞰着全村面貌。我看着住平房的那家，我说，那不是堂哥的家吗？二弟说，是的，过去他是全村日子过得最好的，房子也盖得好。可自从堂哥的亲伯父去世后，就再没有人给他寄钱了，再加上他那么多孩子，要吃饭、穿衣、上学，他的压力大，日子也不好过。

仍是在村子一家人的酒宴上，我见到了堂哥。堂哥头上添了白发，脸上的皱纹增多了，佝偻着身躯，不到四十的人，看上去好像五十多岁。

这一次，他不再别人劝酒了，而是自己只顾拿着酒瓶就只管尽情地喝。他趴在桌子上，手里握着酒瓶，不停地说喝，喝，同桌有人想从他手里抢酒瓶，他将人家一推，说，别管我，我要喝。说着，举起酒瓶，咕咚又是一口。不知谁冒了一句，都是当太爷的人了，也不注意自己的身份。

堂哥突然站了起来，红着眼，泪流满面，说，我是啥太爷，谁再说我是太爷，我就，说着，酒瓶就抡了出去，那人头一偏，酒瓶摔在了墙上，酒花四溅，碎了，众人皆惊。再看堂哥，已经顺着桌子软了下去。

从这件事以后，大家似乎明白了，堂哥现在最大的忌讳，就是人家叫他太爷。

（发表于2011年《三原文艺》第三期）

老支书

无论他家是打窑洞，还是分牲口，老支书都没有偏向他家，直到他的父亲出了事，他的父亲从大伯父口中，知道了事情的真相。

从他记事起，只要提起老支书，母亲就恨得牙痒痒，父亲的脸也会阴沉下来。

后来，他逐渐长大，也慢慢明白了其中缘由。

原来，在他三岁时，村上提出，谁家人口多，窑洞不够住，就可以向村上提交划拨庄基地的申请。当时，他家里只有两个窑洞。一个窑洞被分为两部分，前半部分当作厨房用，后半部分当作饲养室用；另一个窑洞里，既要做客厅，又要做卧室，里面挤着奶奶、小姑、姐姐、他和父母共六口人。于是，父亲就写了申请，交到了村上。

会飞的硬币

等了半年多，村上有十二家领到了庄基地通知，可以在塬上盖房，唯独没有他家。父亲就去村大队找老支书论理，那时，老支书正坐在大队部门前的台阶上听广播。他没有理父亲，只是用两手向上提了提他的破棉袄，然后将鞋子脱下来，不停地掸着鞋子里的土。也许是父亲打扰了他的雅兴，他用眼睛翻了翻父亲说，我看你院子左侧还可以打个窑洞，完全没必要再申请庄基地，花那劳什子钱干什么，我就把你的申请压了下来。父亲气愤地说，你也太霸道了，别人家能盖得，我就盖不得。我找公社去。老支书摆摆手说，你去，赶快去，快去快回，不要误了给娃娃上课。父亲真的去了公社，公社干部将手一摊，说，你们村大队没出证明，我们也没办法。最后，父亲只好在学校放学之后，每天抽时间打窑洞，耗时三个多月，打成了一孔新窑洞。为此窑洞，父亲得了腰疼的病根。

他六岁时，适逢改革开放初期，农村开始实行家庭联产承包责任制。村大队的地要分，牲畜、劳动工具等都要分。分牲畜的那天，老支书将衣服披在身上，圪蹴在凳子上，眼睛盯着桌子上的那个大海碗，碗里面放着早已写好字的纸蛋蛋。会计念到哪一户人家，这户人家的代表就前来抓，抓到什么就是什么。那天，他的父亲在学校忙得走不开，母亲就代表他们家去抓。会计念到父亲的名字，母亲就走到桌前去抓。老支书对母亲说，看好了，只能抓一次，抓到什么就是什么。母亲没有理老支书，只是将手伸到碗里，捏了一个纸蛋蛋，转身就走。走远了，有社员就围拢过来，看母亲抓了什么。母亲不认得字，只好让别人看。那些人看了，啧啧地赞道，嫂子，你太有福气了，抓了那头肚子里已有崽的乳牛，你真行。

第二辑　田野的风

母亲牵回那头乳牛，全家人高兴了一晚上。第二天清晨，老支书就领着人来，要用一头瘦骨嶙峋的老公牛换回这头乳牛。尽管母亲一把鼻涕一把泪的哭闹，手死死拽住牛缰绳不放，还是抵不住他们人多势众，已怀崽的乳牛扔被牵走了。

父亲从学校回来，又一次去找老支书。老支书眼睛一瞪说，那头牛给你也行，你现在不用再教书了，回来种地。父亲想到自己虽然是民办教师，可毕竟比种地能强点。他只好再没有坚持，母亲为那头乳牛，在老支书的家门口闹了近半个月。不顶用，牛后来还是被重新分到了比他们更穷的农户手中。

过了几年，老支书退了。母亲做饭的时候，用勺头将锅盖敲得叮叮响，高兴地说，他退了好，再不退就没有天理了。

直到他上高中时，有一年，他家里通过再次申请，拿到了建房的庄基地。他的父亲为了筹备盖房子的资金，利用星期天给人家挖果库，却被塌成了重伤，动手术需要一大笔钱。家里借遍了亲戚邻舍，还是没有筹够动手术的钱。没想到，平时一毛不拔的大伯父竟然伸出了援助之手，使父亲顺利通过了手术。

父亲康复后，去感谢大伯父。大伯父皱皱眉，厌烦地摆摆手，说，那不是我的钱，那是你二哥卖了自己果园子的钱。怕你们不要，所以让我转交的。

父亲听了，心里微微动了一下，但并没有说什么。

大伯父瞅了一眼父亲，幽幽地接着说，那时你二哥在位上，村上那么多人都在看，他要将一碗水端平，真的很难。过去，他让你们受了很多委屈，你们要多理解。你这次出事，他还不是尽力去帮了。

会飞的硬币

　　父亲对大伯父的话未置可否，走出大伯父家。他抬头望了望云来云去的天空，心中百感交集，长长地吁了一口气。

　　（发表于2014年《弥水》冬季版）

姥爷的羊

　　姥爷年纪大了，不能再放羊了，母亲就将姥爷接到城里来住。可住在城里的姥爷，总惦记着他的羊，等待着舅舅来接他。

　　池阳古城向南百里许，就进入了秦岭山区。这里的山并不太高，却层峦叠嶂，一眼望不到边。山路却陡峻，常有人畜失足掉下山崖。

　　山里边，有的地方长着钻天杨、桐树、椿树等高大的乔木，有的地方长着野酸枣之类的落叶灌木。在这些乔木和灌木之下，青草长得很茂盛，其中苜蓿草最为繁盛。野酸枣、苜蓿草，都是本地土山羊最喜爱的草料。再加上池阳人对本地的土山羊似乎情有独钟，羊肉泡馍馆开遍了大街小巷。羊肉烧烤店，一到晚上，总是红红火火、人满为患。山里人看到了商机，很多人家不再种粮，而是开始饲养本地土生土长的山羊。

　　舅舅家也养着一群山羊。舅舅家的羊由姥爷放牧。姥爷年轻的时候就放过羊，一肚子养羊经。那年暑假，娘带我去山里舅舅家玩，姥爷就教我关于羊的一些知识。他说，你看咱这里的羊，个个头长额宽，鼻直嘴齐，眼大耳长。母羊脖子长，胸宽背平，

第二辑 田野的风

乳房庞大，形状方圆；公羊脖子粗壮，前胸开阔，腰部紧凑，四肢端正，蹄质坚硬。姥爷说着，就抱抱这只羊，亲亲那只羊，脸上露出无限的慈爱。

娘对舅舅说，爹年纪大了，就别让他再出去放羊了，万一磕着、绊着，可咋办？

舅舅大大咧咧地说，没事，你让爹待在家里，几天就会把他急疯的，赶着羊，看看山，瞧瞧水，爹才会长命百岁。

娘说，我实在有些放心不下呢，爹毕竟七十多岁了。

舅舅沉默了一会儿，幽幽地说，姐，我也不想让爹再放羊。可您瞧俺家这个穷样儿，三个小子都到了娶媳妇的年龄，剜我的肉也卖不够钱啊。

娘沉重地叹了一口气，不再言语。

姥爷呵呵地笑，白胡子一翘一翘地说，没事，老子骨头硬着呢。

娘只好作罢，带我回到城市。可是不到一个月，舅舅急急火火地打过电话来，说姥爷放羊的时候，摔到了山沟里，骨折了。

娘顾不得骂舅舅，急匆匆地挂掉电话，往汽车站跑。第二天，就把姥爷接到了城里，送进了医院。在医院住了几天，娘把姥爷搀扶到了我们家。娘每天炖骨头汤，大碗大碗盛给姥爷喝。娘说，姥爷喝了骨头汤，骨头愈合得才会快。

姥爷拄着棍，在我们家一瘸一拐地练习走路的时候，舅舅从乡下来了。姥爷见了舅舅，张口就问，咱家的羊还好吧？

舅舅说，自从您摔着了，俺家羊没人放，就关在圈里，我们忙罢了，抽空割草喂一喂。羊吃不饱，都掉膘了呢。

73

会飞的硬币

姥爷立即对我娘说，赶紧做饭吃，吃了我们要赶紧回去。

娘说，你的腿还没好利索，你回哪里去？

姥爷说，我不回去，我的羊怎么办？

娘气恼地说，你的羊，你的羊！是你的羊重要，还是你的命重要？说着，娘指着舅舅的鼻子说，如果你敢接爹回去放羊，我打断你的腿。

舅舅不敢看娘，低下头，嘀咕着说，我说什么了？是爹自己吵着要回家的。

姥爷看到娘吵舅舅，气得胡子一撅一撅地，颤抖着说，咋了，你家是大牢，我还没有回家的自由了？

娘懒得和姥爷吵，冷着脸对舅舅说，我给你钱，你雇人放羊。想让爹回去放羊，门都没有！

第二天，舅舅临走的时候，娘将一卷子钱塞到了舅舅的手里。舅舅还要推辞，娘说，你莫假惺惺的了，只要你不接爹回去放羊，钱不够了我再给。舅舅脸红了，就收下了。

舅舅走后，姥爷的腿慢慢好了，后来扔掉了棍子，自己也能走得稳稳当当的。但是，姥爷每天只吃一点点饭，整天愁眉不展，唉声叹气，坐卧不宁，这个房子转进，那个房子转出，心里似乎装满了心思。

娘说，爹，这里也是你的家，你就安心住着吧。

姥爷摇摇头，说，我担心那些羊，我走了，别人放不好。

娘说，谁放羊都是放，你就别操那份闲心了。

姥爷哀叹一声，转过头去，不再搭理娘。娘笑着摇摇头，走出了房间。

姥爷三天两头和娘吵架，也不是办法。娘只得妥协了，安慰姥爷说，等我弟弟再来接你，我就让你回去。

姥爷偏着头问，你说话算话？

娘说，我还不是怕您憋出毛病来。

姥爷立即嘻嘻地笑了，白胡子又一撅一撅的，说，这还差不多。

可是，大半年过去了，舅舅并没有再来接姥爷。娘看着日益消瘦的姥爷，心里感觉很痛，她就鼓起勇气，给舅舅打了电话。

娘说，爹在我这里实在住不惯，整天闹着要回去，想着他的羊，你看咋办。

舅舅说，姐，我实话告诉你，咱们山沟沟里发现石油了，马上就要开采。现在，许多移到山外的人，都回来了，等着拆迁赔付，谁还养羊呀？那些羊早被我卖掉了。

娘急切地问，你不养羊了，那不是要爹的命根子吗？

舅舅说，所以我也想跟你谈谈，我的意思，就是让爹继续住你那儿，我们正忙着和拆迁公司谈判，根本就腾不出时间和精力照顾爹。再说了，爹现在回来，没有了羊，他还不吃掉我。

娘听舅舅这样说，也就无话，随之挂了电话。

周末，娘领着姥爷去了动物园。姥爷在这里看到了本地的山羊，他挺了挺身子，两眼发出异样的光彩，拿着拐杖当羊鞭，在空中挥舞着，嘴里不住地发出赶羊的喊声，似乎在他的眼前，不是在动物园，而是在崎岖的盘山道上，他正放牧着一群活蹦乱跳的羊。

（发于2015年10月《三原文艺》）

校　长

　　老校长为了不使校产流失，宁愿丢掉自己的乌纱帽。当新任命的校长面对镇领导的压力束手无策时，老校长却撞了进来，一下子就化解了难题。

　　镇长请校长喝酒，问："咱们中学这几年教学质量怎么样？"

　　校长说："这我不清楚，你得问学校教导主任。"

　　"有人跟我反映说咱们中学校风不太好。"

　　"这事儿你得找学校政教主任。"

　　镇长放下酒杯，"那你管啥？"

　　校长笑了笑，"我啥都管，又啥都不管。"

　　镇长伸长了脖子，"那土地的事，你管不管？"

　　校长眨眨眼，"你说呢？"

　　镇长大笑，敬了校长一杯酒。他请校长喝酒，本来就是商谈土地问题。紧挨中学西墙的那块地，镇政府计划盖商品房。那块地有点小，如果学校的西墙能缩进去几米就好了。酒足宴罢，镇长说："明天我叫人拿合同来，你签个字。"校长打着哈哈，"好啊，明天再说。"

　　第二天，合同送来了，校长却不肯签："土地的事属于校产，上面有明文规定，我做不了主。"

　　镇长十分恼火，觉得自己被耍了。他请来几名镇人大代表，细

第二辑　田野的风

细叮嘱一番。几名人大代表俯首听命，回去以后连夜起草了一份要求罢免中学校长的议案，提交到县人大，县人大将议案转到了县政府，县政府要求教育局办理该提案。校长被免职，成为一名普通教师。尽管校长不再是校长，可学校教职工仍喜欢叫他校长。备课上课之余，校长还是爱喝酒。

新校长到任当天，镇长走进校长办公室，将学校转让土地的合同扔在办公桌上，"签字吧！"新校长害怕重蹈老校长的覆辙，提起沉甸甸的笔，就要在合同上签字。

"不能签！"随着一声大喝，门开了，老校长手里提着酒瓶，摇摇晃晃走进来。

镇长冷笑着说："你已经不是校长了，凭什么管这事？"

老校长咧着嘴说："只要是学校的事，我就管。"然后，他指着合同对新校长说："转让学校土地是违法的事，你懂不懂？"

新校长当然知道，他放下笔，默不作声。

镇长咬着牙对新校长说："你别听他瞎扯，只有签字，你才能在这个位子上坐得稳、坐得住。"

老校长将酒瓶敲碎在桌上，指着镇长说："只要你敢把他从位子上拉下来，我就非告倒你不可。不信你试试！"说完，摔门而出。

学校的地没少一分，商品房也没盖成。镇政府只好将那块地栽上树，种上花，开辟成人们休憩的场所。

（小小说《校长》发 2015 年 5 月 7 日《检察日报》，被新浪网转载，《金山》第 6 期）

春天里

　　张海因为发明了"春天里"牌木制汽车，被授予了各种头衔和荣誉，是他爱好发明，非也；是他追求名誉，非也。到底是什么原因，让他爱上发明呢？且看下文。

　　在一个春意浓浓的午后，我正在老家的院子里晒太阳。

　　张海来了，张海是我初中的同学，自我在省文联工作后，就很少和他来往。

　　他打着哈哈说，我今天想请老同学看一样东西。

　　说实在话，我从心眼里就瞧不起张海。听母亲说，张海初中毕业后，前几年在外头，东奔西跑，没有啥结果。后来，回到家里，也不好好务农，整天把自己关在屋子里，据说，在捣鼓什么车，村里人都将其视为怪人。

　　面对这样的一个人，我还能说啥。我说，还是不看了吧。但张海硬拉着我的手，将我拽出了院子，来到他家里。我看到了张海制造的怪物，是一辆木制汽车，从工艺上来说，无与伦比，非常精妙。

　　我敲着木制汽车的外壳说，你造这车有什么价值？

　　他歪了歪头，笑着说，老同学，你可别打击我，这可是中国农民制造的第一辆汽车。

　　我听了他的话，差点笑出来，但还是憋着没笑。

第二辑　田野的风

他盯着我说，我今天请你来，就因为老同学是文化人，我想让你给我的车起一个名字。

听他这样说，我还真的沉吟起来，给他的车起什么名字呢？

这时，我透过窗子，看到路边的柳树笼着一层薄薄的绿纱，田野里，小草都吐出来嫩嫩的黄芽。于是，我脱口而出说，就叫春天里，你看怎么样？

张海听着这个名字，眼睛一亮，他拍着手说，文化人就是不一样，名字也好，就叫春天里。

我并不看好他的汽车，只是为了摆脱他而胡诌的词语，没想到，却正中了他的下怀。

离开张海家，过了三天，我就到省城上班去了。

一个晚上，我突然接到张海的电话。

张海在电话里激动地说，老同学，请你打开电视，看咱们市的新闻，我和"春天里"一块上电视了。

我怀着半信半疑的心态，将电视放到本市频道，主持人正播放本市新闻。半分钟过后，主持人用字正腔圆的普通话播放本市一条特大新闻。我市青年农民科学家张海，用五年时间发明了木制汽车。接着，镜头切换到了现场，张海在一群西装革履领导的簇拥下，喜气洋洋地登上了他的木制汽车，他转动着方向盘，那木制汽车在广场上竟跑了起来，而木制汽车的正前方，刻着三个鲜红的大字，春天里。

我真的没有想到，张海这小子能够成名。如果我能预知他成名的话，我一定要给张海的汽车，好好想一个名字。

当我再一次回到家里，一直在村子里没有见到张海的影子。我

会飞的硬币

问母亲张海的近况，母亲说，张海现在名气可大了，县上给他授予了"农村青年科技突击手"的称号，市上表彰他是"全市农村优秀科技工作者"。他成天忙着开会、演讲、参观，哪有时间在村子里呆呀。

下午黄昏时分，我在村子里正转悠，一辆小车在我面前停了下来。

从车上走下来的张海，一身西装，头发梳得油光油光的。他疾步过来摇着我的手，眉开眼笑地说，老同学，太感谢你了。托你给我的车起的好名字，这次兄弟我真的赚大发了。说着，他又从车上拿出一份文件让我瞧。

我拿着一看，眼珠子都差点掉了出来。文件是县科协发的，准备给予张海以科技创新资金扶持。

我看了文件，还没说话。张海又将我拉上了车，让我去他家喝酒。在他家里，我看到了他获得的一系列荣誉。

喝酒时，我问他，你的"春天里"怎么不用？

张海说，嗨，老同学，别犯书呆子气了，那不过是玩玩而已，喝酒，喝酒。

看着他红光满面的样子，我只好举起了杯子。

喝完酒，我带着微醉走出了他家的门。

在门灯的照耀下，在他家的柴垛前，我终于看到了张海制造的春天里汽车，历经风吹日晒，早已残破不堪。

（发2015年8月17日《涟水快报》副刊，《金山》第11期）

第三辑　爱海泛舟

　　有一种爱，是最无私、最伟大的爱，那是父母对儿女的爱；有一种爱，是一种打断胳膊连着筋的爱，那是兄弟姐妹之间的爱；有一种爱，是最执着、最热烈的爱，那是恋人之间的爱。爱，还有很多很多种，那是一种亲情，那是一种爱情，那是一种友情。所谓爱，让人欢乐，让人悲伤，让人难以抑制自己的情感。正因为爱中有悲欢离合，有酸甜苦辣，它也成为从古到今，永远传唱不衰的话题。

谋杀一条狗

　　杀一条狗很简单，可郑伟伟杀这条狗，却因为母亲的阻拦，他只能采取谋杀的手段。他为什么要杀狗，他的计谋能得逞吗？

　　杀一条狗很简单，但要谋杀一条狗却并不容易。

　　郑伟伟是这样认为的,他甚至一次趁母亲不在,将狗骗出了家门,来到村外的小河旁,趁狗在河边撒欢之时,迅疾飞出一脚,想将狗

会飞的硬币

踢到河里去。可狗好像早已有了防备，机灵地闪过，就飞快地逃走了。

郑伟伟有点气馁，他又想到了用毒。他将下了毒的食物放在狗面前，狗低头嗅了嗅，带着嘲笑般的目光将他看了看，然后摇着尾巴走开了。

其实，郑伟伟对狗并没有多少恶感，而且，这条狗是郑伟伟从城里带回来，专门为母亲看家护院的。

郑伟伟还清楚地记得，他第一次在电话中说，要为家里带条狗时，母亲是极力反对的。母亲说，地里活忙得很，她没有时间，也没有精力去照顾一条狗。后来，他在回老家的时候，还是将狗带回了家。

郑伟伟再一次回到家，母亲就开始谈起这条狗。母亲说，这条狗很有灵性，识别人的能力也特别强。初到家里来过的人，它都能记下。如果是陌生人，走近大门，它就会狂吠起来。每当她拿着包袱，出远门的时候，狗从来不跟她，狗知道自己的职责，是要在家里看门的。

当母亲夸狗的时候，狗就会在地上打着滚儿，或者双腿离地，站了起来，表演着滑稽的动作。看到这里，郑伟伟看到母亲高兴，他也很高兴。

狗在渐渐长大，母亲却在慢慢地变老。郑伟伟由于工作忙碌，他实在不想在城里和老家两点上来回奔波，他就想将母亲接到城里住，可母亲却不愿意。母亲说，家里的门有狗看，可狗谁来养？母亲总是用家里的狗没人喂来做着推辞。但郑伟伟心里明白，母亲不愿意来，还是割舍不下家里的这条狗。

于是，郑伟伟就想，如何在不伤害母亲感情的情况下，处理掉这条狗，是眼下最为紧迫的任务。

后来，郑伟伟将处理狗的活交给了表弟。接着，表弟就借看望郑伟伟的母亲的时候，悄悄将狗引出院子，瞅准机会下手逮住了狗，就拉着狗匆匆地走了。

表弟将狗捉走了，但他没有弄死狗，而是送给他们村子里的人。因为这是郑伟伟千吩咐万叮咛过的，主要原因是郑伟伟怕狗死掉了引起母亲伤心。

表弟电话里说，姑母失去了狗，就像失去了魂一样，人也瘦了一圈。找过他几次，跟他要狗。他说没见到过，姑母不信。姑母说，就是他来了之后，狗才不见的。肯定是他把狗弄走了，姑母很生他的气。

郑伟伟想，过段时间，母亲就会将狗忘掉，人也会缓过神来的。同时，他也相信，母亲失去了狗，就没了心病，肯定会跟他到城里来住的。

一个多月过去，郑伟伟在给母亲的电话里提出，让母亲到城里来跟他住。母亲说，狗不见了，她怕来了之后，万一狗回来了，家里却没有人，那狗多可怜呀！他想说，狗不会回来了。但话到嘴边，他还是忍住了，他怕母亲发现，狗的失踪与他有关。

直到有一天，母亲对着电话高兴地对他说，阿伟，狗狗回来了。说着，郑伟伟听从电话里听到两声汪汪的狗叫声，那好像是狗在对他叫板。

此时，郑伟伟像泄了气的皮球，他知道，自己针对狗的阴谋，又一次被挫败了。

（发表于2013年《水月北湖》第二期，《绝妙小小说第四期》）

分　家

爹分家的时候，将家产大部分都分给了大柱的兄弟二柱，大柱和媳妇只能靠自己努力，过好日子，他们一直对爹耿耿于怀，可后来，他们却明白了事情的原委。

大柱的兄弟二柱结婚后，老爹就主持给兄弟俩分家。

老爹说，我和你娘跟你弟，你弟人口比你们多，负担重；再加上你弟腿有疾，干活不方便，就给你们半年口粮，剩余的，都给你弟留下，你看咋样？

大柱想张口提出反对意见，大柱的媳妇春兰想，好男不吃分家饭，好女不穿嫁时衣，只要自己勤快，什么都会有的。

于是，她就悄悄地踩了踩大柱的脚，大柱明白了春兰的意思，就点了点头。

老爹又说，你们是老大，有能力，有人脉，你弟二柱刚从学校回来，也刚结婚，啥都没有，屋里这家具，你们看怎么分？

大柱心想，这些年来，自己和春兰为这个家，也付出了很多，最起码，屋里的家具要平分。

接着，他就看了看春兰，就想提出自己的意见，却被春兰抢了先。

春兰说，爹，您说得多，我们有的是手，有的是力气，屋里这家具，我们一件都不要。

第三辑　爱海泛舟

老爹盯着大柱看，大柱红着眼，就是不说话。春兰扯了扯大柱的袖子，大柱叹了一口气，说，爹，您说了算。

最后，说到了房子，五间正房四间小厦子，老爹不好意思说了。毕竟，这些房子，从砖瓦的烧制到房子的盖成，大柱和春兰都付出了汗水，现在怎么好意思，将他们撵出去。父亲思前想后，话到嘴边吞吞吐吐地说，这房子，我看还是这样分，五间正房归我和你娘，四间小厦子，你们兄弟俩平分。

大柱和春兰心里很亮堂，老爹爱二柱，还是想把房子给二柱留下。

大柱还要争，还要嚷，被春兰拦住了，硬拽着大柱走出了老爹的家门。

大柱一家被老爹净身出户，住在借来的窑洞里。

大柱自离开亲手建立的家园之后，就很颓丧，心情很郁闷，经常在外借酒消愁。

一天，他和一帮人正喝酒间，春兰闯了进来，一把夺过酒瓶，摔在了地上，酒浆迸裂，众人愕然间，春兰拉着醉醺醺的大柱，回到了家里。

春兰从箱底摸出一瓶酒，塞到大柱手里，说，喝，你喝，喝死算了，这日子也不用过了。说着，又将在炕上玩耍的儿子，放在大柱怀里，说，这日子真是没法过了。说完，就坐得远远地暗暗抹泪。

一岁多的孩子，在大柱怀里吓得哇哇大哭，哭闹声惊醒了大柱。大柱向春兰认错，并保证以后再也不喝酒了。

春兰破涕为笑，说，你出去打工，我在内操持家务，我不信，凭着咱的双手，就翻不了身。

会飞的硬币

大柱在春兰的鼓励下，出去打工了。春兰除了管孩子，还要种地。她样样没有拉在人后，村人对春兰的能干，无不称赞。可说起对老人的孝道来，村里人都直摇头。因为春兰自分家后，从来没有踏进过老爹家的门。

可在老爹得了半身不遂那年，二柱和媳妇都出去打工了，家里只有大柱的娘一个人照顾老爹，人累得不成样子。老爹的行动不便，娘的憔悴，大柱看到眼里，疼在心里。想把自己的心思告诉春兰，又怕春兰不答应，只好咬咬牙，把欲说的话咽进肚子里。

几年后，大柱和春兰攒了一些钱，他们就为自己盖起了新房子。房子盖起后，春兰把最朝阳的一间房子留出来，叮嘱匠人用最好的材料装修，并置办了一套新铺盖。大柱看着装修一新的房子，眼睛乐成了一条缝。

他高兴地说，终于可以享受了。

春兰乜了一眼大柱，说，去，去，这里还轮不到你住。

大柱摇摇头，说，咱不住，儿子结婚还早咧。

春兰用指头在大柱额头上轻轻地戳了一下，说，你呀，就不知道好好想想。

大柱想来想去，就是没有想明白。

直到一天晚上，大柱想着空着的新房子，又想着父母还跟着二柱受穷。他辗转反侧，就是睡不着。

春兰说，有啥心事，就说吧，别烂在肚子里。

大柱说，你看爹都成这样了，咱妈一个人照顾，真的不容易。说着，长叹一口气。

春兰说，不行，那就接过来。

大柱激动地坐了起来，说，你不恨爹？

春兰也坐了起来，笑着说，你以为我傻啊，要不是爹前几年逼着咱分家，哪有今天的好日子。

爹娘住进了新房，娘流着泪拉着春兰的手说，兰啊，别记恨你爹。二柱子兄弟是你爹二十五年前在乱草丛里捡回来的……。

（发于2015年10月《天下》杂志）

相　遇

小石看到女孩从自己身边走过，他突然想起小时候，自己与女孩相遇，要不是李老师的出现，自己因为差点铸成大错。

小石回到家里，正和母亲在门前的大树下闲聊。一个亭亭玉立的女孩从他们眼前的路上走过。

小石问母亲，这是谁家的女孩？

母亲说，这是村主任的大孙女。

望着远去的姑娘，小石突然想起，十年前，自己和这个女孩相遇，差点毁掉了她的美好年华。现在想起来，都有点后怕。

那是一个黄昏，作为初三学生的小石，刚回到家里，就看见娘

会飞的硬币

躺在床上，红着眼圈。

娘见他回来了，下了床，给小石去端饭。在吃饭的间隙，小石看见娘在偷偷地抹眼泪。

小石问娘，你怎么啦？

娘忙说，没事，没事。

小石知道娘在骗他，肯定有事。小石没有再问，而是吃完饭，趁娘不注意，溜出了门。

小石从邻居口中了解到，娘去收苞谷，看到村主任家雇的人也在地里收苞谷。那些人在给村长家收苞谷的同时，越界收了小石家的苞谷。娘喊那些人住手，那些人根本不理娘。娘就去村主任家理论。村主任不在，村长老婆看到娘，人很嚣张，根本就不说人话，还霸道地说，多收了你家苞谷又怎样？你想去哪儿告，就去哪儿。说着，将娘强硬地推出了门。

小石听了实情，十分气愤。小石心想，要是爹在家的话，谁还会欺负他的母亲。小石觉得自己大了，应该挑起家庭的重担，让村子里人好好看看，他们家也不是好欺负的。

一连好几天，小石都在琢磨，如何报复村主任。

机会终于来了，那天中午放学归来，小石看见村主任的小孙女，身穿淡蓝色的碎花裙子，脚穿粉红色的小凉鞋，在池塘边玩耍。当时正值村人午休时间，小石环顾四周没有一个人影。一个恶念从小石心里升起，小石只要靠近小女孩，手轻轻一推，小女孩就会掉入水中，而他迅速撤离现场。神不知鬼不觉，谁又会知道这件事是他干的？小石为自己找到报复村主任的想法而激动地颤抖。

第三辑 爱海泛舟

就在小石向小女孩走去时，一个声音喊道，小石，小石，你过来。

小石扭头一看，是曾经在初二给他带过课的李老师，正站在自家门口，向他招手。

小石只好走过去，李老师笑着说，小石，你给我帮帮忙，将这根晾衣服绳绑在树杈上去。

说着，就将绳子塞到了小石的手中。小石拿着绳子，爬到了树上，将绳子绑好，溜下了树。李老师并没有让他走，而是笑眯眯地让小石坐下，接着，抱来一个大西瓜，切开让小石吃。小石心里仍然惦记着那个小女孩，他心不在焉地吃完西瓜，等他走出李老师家门，却看见池塘边的小女孩不见了。

他懊丧地回到家里，却看见院子里放着一堆苞谷。

他问娘，这些苞谷是从哪里来的？

娘告诉他，这些苞谷都是村主任从自家拉来的。村长还说，这几天，他去了县城，对收了小石家玉米的事情并不知情。他回到家里，知道了事情的原委后，就批评了妻子，并亲自来还苞谷。

小石听了娘的话，才明白了收苞谷事件不关村主任的事。而且，幸亏李老师让他帮忙，才使他没有放纵邪念，铸成大错。

随后，小石将这件事藏在心里，将所有的精力集中到了学习上。那年，小石以全县中考第一的优异成绩，被本市一所重点高中免费录取。三年后，他又考上大学，大学毕业，参加工作，使他慢慢地淡忘了这件事情。

直到今天，当他再一次看到这个女孩，往事犹如潮水一般扑面而来，使他不得不在想，那天，要不是李老师，他的人生将会是另一番景象。

（此文发于2015年《三原文艺》第十一期）

报平安

父母给儿子打电话，说家里一起都好；儿子给父母打电话，说他在学校里也一切都好，可真的双方都好吗？不是的，在报平安中，渗透着双方浓浓的爱意。

父母在农村，儿子在城里上大学。父母大字不识一个，甚至连电话号码都不会拨。他们只接电话，从来不拨电话。每周只要等不来儿子的电话，他们就在家里急得团团转。儿子知道每周父母都在等待他的电话，于是，他每周都给家里定期拨打电话。

儿子在电话里说："爸，您和我妈这段时间身体好吗？"

父亲说："你就好好上学吧，家里没事，我和你妈的身体好着哩。"

儿子问："果园的果子今年繁么？玉米种上了没有？"

父亲说："果子今年结的比较多，玉米也种上了。"

他还想问，家里的猪，卖了没有，母亲捉的鸡娃，长大了没有等等。

父亲不耐烦地说："家里啥都好，你就不要瞎操心了，就安心地读书吧。"

第三辑 爱海泛舟

他答应了一声，父母又问他，学习怎么样？在学校好吗？能不能吃饱？并叮咛他，一定要吃好、穿好、不要委屈了自己。他听着父亲的话，感动得热泪盈眶。

他给父亲说，他的学习在班上考试，会会都是第一。其实，虽然他很刻苦，但他的学习成绩，一直处于全班中上游水平；他告诉父亲，学校里的饭菜，都很好，有鸡、鸭、鱼肉，他每天都在吃。其实，他为了从口中省下钱来，总是打些白米饭，买些素菜，勉强的凑合着吃。他经常在课余，出去打零工，挣一些小钱，给家里寄回去。他告诉父母，那是学校奖给他的。

每次，他给父母打电话。父母都说，家里一切都很好，让他放心。他也告诉父母，他在学校里，一切都好，让父母不要操心。

在他要去一个山区县城中学实习的前一天，他给父母打了电话，报了平安。父母也告诉他，家里都好，让他安心的实习去吧。

他和几位同学，在那所中学，大约实习了一周。就在回来的路上，车在爬坡拐弯时，由于太急了，车一下子从路上开了出去。幸好，沟坡的半间有一棵大树，将车子挡在了半山坳。他们一个个从惊慌中，清醒过来之后，就小心翼翼地，从车里逃了出来，他们每个人，连同司机，都毫发未损。

回到学校，在给父母打电话的过程中，他本来想给父母说，他这次遭遇的惊险。话到了口边，他还是咽了下去。他对父母说，他在学校里，好着呢。

转眼到了秋天，村中有人到城里来打工。父母就让村人，给他捎来了两个月的生活费。

会飞的硬币

他问村人,他家里父母是否可好。

村人问他:"你是想听真话,还是假话。"

他说:"当然是真话了。"

村人说:"村里人,摘果子,大多雇人干。你的父母,没有找人。老两口早出晚归,将四五亩果子,全摘完了,你母亲劳累过度,大病一场。你的父亲,为了给你挣生活费,在给人挖果库时,果库忽然塌陷,将你的父亲,半个身子,埋在了土中。打针吃药,好十几天,人才站立了起来了。

他听着听着,眼睛就红了。

过了几天,他又给父母打电话。他哽咽着说:"爸,您和我妈在家好吗?"

父亲说:"好,都好着哩,你安心读你的书吧。"

父亲又惊异地说:"怎么,你在城里生活学习不好吗?是不是受人欺负了?要不,我到城里来看看你。"

他说:"爸,你不用来,我很好。"

父亲说:"那就好,那就好。"说着,就挂了电话。

他打完电话,心里已经想好了。明天,他就要回家,去看看自己的父母。

(发表于2009年6月15日第四版《三原报》龙桥副刊)

第三辑 爱海泛舟

情　结

　　他书房的墙上挂着一对条幅，条幅上写着"大义写春秋，博爱煜和平"。他为啥要在墙上挂这幅字呢？因为他心中有一个情结。

　　他书房的墙上挂着一对条幅，条幅上写着"大义写春秋，博爱煜和平"。

　　他痴痴地看着这些字，思绪似乎又回到了以前。

　　他曾经飞过海峡，千里迢迢来到自己落难的那个村子。可村子里的容貌已经大变，今非昔比。他苦苦寻找自己的恩人，可是毫无音讯。

　　尽管他没有找到救命恩人，但他却听村子里的人说，恩人后来随着部队，进了省城，在省城做了官。在"文革"时期，恩人不仅被打倒了，还被打折了一条腿。其中有最重要的缘由，就是他救了反动军官，里通台湾。"文革"之后，恩人又回到了省城，但他再也没有出来从政，而是深居简出，不露行迹，谢绝一切应酬和拜访。所以，很少有人知道他的情况。

　　回到海岛，他感觉到自己欠了恩人一条命，一辈子都无法还清，心里十分愧疚，每日借酒消愁。

　　忽一日，他收到了海峡彼岸的一封信，这封信是救命恩人的女儿代父亲写的。信中写了恩人的近况，并安慰他，不必为这件事有

93

会飞的硬币

心理负担。信中说,为难之中,无论是谁看到当时的情景,都会伸出援助之手,何况同为华夏儿女。希望他振作起来,能为两岸人民做一些有益的事情。

看到这封信,他沉思起来,何为有益的事情?不久,他在电视上看到,他曾经落难的那个省,也就是他的家乡,发生了水灾,人民缺衣少穿。看到这里,他灵机一动,为何就不能将台胞组织起来,为正在与水患做斗争的大陆人民,做一些自己力所能及的事情呢?

于是,他开始了行动,先后联系自己的朋友、乡党、亲戚等人,成立了赈灾会。他的足迹跑遍了海岛的每个角落,他的善举,赢得了海岛企业家、知名人士的支持。他筹备的捐款,也源源不断地越过海峡,为那个省的同胞夺取抗洪胜利起到了一定的积极作用。

抗洪结束了,他并没有停下来。哪儿需要建桥、修路、盖学校等等,他的善举就会出现在那儿。他看到家乡人民的笑脸,听到孩子们快乐的笑声,他激动得热泪盈眶。但他还是有一个心愿,就是想见自己的恩人。可通过各类渠道,带回的信息是恩人的病很重,见他十分的困难。但转告他,他所做的一切,恩人都看到了,非常感谢他对家乡人民的支持。

在他临走时,他又收到了恩人在病中为他写的一对条幅,就是他书房里挂的那对条幅。结构方正、笔画圆润、遒劲有力的毛笔字,还有那条幅里的寓意,稍稍平息了他心中的惆怅,鼓励着他将爱心行动继续延续下去。

后来,他主持的赈灾会,爱心行动不仅仅局限于一个省、一个民族,而是扩展到了整个世界。在世界各地,只要有大灾大难发生,就有他赈灾会的影子。他感谢恩人，不仅给了他一次生命，而且还给了他二次生命，使他的生命焕发出如此的魅力和光彩。

如今，他的恩人早已谢世，他也老了。尽管他还挂着赈灾会的头衔，可再也不能出去做事了，只能静静地待在房子里，经常对着"大义写春秋，博爱煜和平"那些字陷入沉思，他觉得自己后半生所做的一切，对得起恩人为他写的这些字，这些字是他后半生的真实写照。

在他临终前夕，他对子孙提了个要求，就是将他葬在高山之上，面向海峡。他要眼望大陆，眼望家乡，眼望恩人，了却自己的夙愿。

（此文荣获2013年"中金国瑞博爱煜和平"三等奖）

父爱无边

她认为母亲离她而去，是父亲一手造成的。所以，她一直对父亲不冷不淡。直到上大学之后，她在网上看了一个帖子，她终于理解了父亲。

从她记事起，她的生活就在父母吵闹中度过。她上初中时，父母终于不争不吵了，俩人开始冷静地坐了下来，思考他们的婚姻。思考的结果，就是痛痛痛快快地分手。母亲临走想带走她，但她还是被父亲硬拽了下来。尽管，父亲又替她另找了位母亲，继母和父亲都对她很好，她从不缺家的温暖。可是，父母离异的伤痛，始终

会飞的硬币

在她心中是一个阴影。她一直对父亲不冷不淡。上了高中，除了回家拿钱，她很少回家。

她考上了大学，全家人都很高兴。父亲骄傲地说，他要宴请亲朋好友，为她考上大学好好庆祝一番。

她平淡地说，你爱怎样怎样，我不管。

在她临走的日子里，父亲真的摆了好几桌席面。他不停地给人劝酒，自己喝酒。父亲就像一个打了胜仗的将军，满脸充满着幸福感和自豪感。

众人散去的时候，父亲喝醉了，他说着醉话，说自己一辈子过得很平淡，没有想到，女儿为他争了光，争了气。

临上学时，父亲执意要送她。

她冷冷地说，不用了，她一个人能行。

望着父亲可怜巴巴的样子，她的心始终是坚硬的。继母忍不住了，苦苦地哀求她，你就行行好，让你父亲送你这一次吧。她实在执拗不过，只好点头答应了。

火车上，父亲充满皱纹的脸上，洒满了灿烂的阳光。他一会儿给女儿说这，一会儿说那。而她似听非听，只是偶尔将父亲淡淡地扫一眼，剩余的目光，都抛向了窗外。父亲完全没有顾忌她的冷漠，继续向她诉说着自己的心里话。

到了学校，她的宿舍在四楼。父亲不让她动手，自己将她的行李，一件件扛到了楼上。她看着父亲气喘吁吁拿着行李，佝偻着身躯，爬楼的背影，她的心里，又有一种无法言说的感觉。

行李搬完了，父亲木讷地看着她，慈祥地说，这下好了，你可以安心得上学了。

她心中对父亲的那块冰，似乎快要融化了。她本来想邀请父亲上楼喝口水，歇会儿。正好，一位舍友从她身旁经过，抱怨着对她说，你雇的人真好，不仅将你的行李运到了楼下，还帮你扛到楼上，并且给你摆得整整齐齐。那像我雇得那个人，将我的东西拉到楼下，就走人了。害得我搬了半天，才将东西挪到楼上。

她听了脸红红的，很不好意思。父亲似乎看出了什么，为了不使她再显得尴尬，笑了笑，就转身离去了。她为了摆脱那位舍友，逃也似的上了楼。

有天晚上，她像往常一样上网。登上了本校的校园网，她看到了一位校友发的帖子，名为《可怜天下父母心》。写的是在开学报到的那天晚上，一位身着布衣，脚穿布鞋，头发花白，大约五十多岁的父亲，为了节省住旅社的费用，更为重要的是能在夜间看到女儿的身影，竟在女生宿舍的楼脚下，蜷缩了一夜，凌晨才悄然离去。

她看着这位校友的描述，心里想到了自己的父亲。父亲的形象，跟这位校友写得一模一样。那这个人肯定就是她父亲了。她百感交集，泪珠就像断了线的珠子，滚了下来。

她忽然间就想给父亲打电话，那种感觉十分强烈。于是，她就跑出了宿舍，给家里打电话。继母接了电话，在电话里，说那天晚上，父亲就在她的楼下，盯着她们的窗户，过了一夜。到了半夜，父亲冷得瑟瑟发抖。好不容易到了天亮，人就冻得生了病，带着病坐车回了家，挂了好几天针，人才缓了劲来。

会飞的硬币

她听到这里，心中对父亲的恨意，已经消逝得无影无踪。心中唯有的，是对父亲深深的歉意。此时，她也彻底懂得，父爱是无边的。

（发表于2010年5月20日第四版《三原报》龙桥副刊）

爱的真谛

他很爱她，可她不爱他，理由是他给她带不来她想要的。直到那场灾难来临之后，她才真正醒悟了，她最需要的是什么。

她是一个银行的职员，他是一个小小的公务员。他们已经谈了五年了，可是她对他，说不上爱他，也说不上不爱他。他们之间之所以能够维持到现在，就是他苦苦地追求，执着的精神，令她很感动，她不好意思再去伤他的心。

她与他一直保持着这样的关系，她心里想，这样也好，就做朋友吧。可是他，总想把他们的关系再提升一个高度，这是她无法容忍。她好几次都发怒了，很伤他自尊的说："你有什么资本值得我爱，你有房子？有车子……"她知道他不可能有，他每月的工资，大部分要寄回农村的家里，供父亲吃药，弟弟上学。用他的话说，父母能够供他大学毕业，已经很不容易了，现在，他要回报父母。所以，她说出令他伤心的话，希望他知难而退，但他从不介意。第二天，

第三辑 爱海泛舟

还是继续往她的单位跑。

随着年龄的增长，家里人、朋友、同事都替她着急，周围的人都用异样的目光看她。她却并不放在心上，并不是她以自己的资质为资本，也不是她的周围缺乏追求者。她总想找一个像他那样有着农村人的憨厚、朴实和执着；又有其他追求者所拥有的帅气、潇洒和财富。可是，上帝在给予人一部分东西的时候，总要拿去另一部分东西，这就是她所愤愤不平的。她相信，凭着自己的条件，总会找到这样一个人的。

不久，朋友就给她介绍了一个，是她心目中帅气、潇洒的人物。他开着耀眼的宝马，请她吃海鲜，拉着她到海边去兜风。总之，他给予了她生活的另一种方式，她从他的眼中看到的是自信、乐观和豪放。她在心中暗暗的下定决心，她这辈子就要嫁这样的人。她也该给那个小小的公务员说清楚了。

就在她在银行里送走最后一个客户，等待着跟她谈了五年之久的他到来的时候。楼房、桌子开始晃动了起来。有人大喊，地震了。她就急忙将桌子上的现金、收据和公章都锁进了抽屉里。等她起身的时候，已经迟了，她被压在了楼下面。

等她清醒过来，四周漆黑一片。她动了动胳膊，还能动。只有腿脚被压在了厚厚的楼板下面。她大声地呼喊，没有人应声。她有些气馁，但她又幻想，那个帅气、潇洒的他，一定会来救她的。为了节省能量，她也就不喊了。昏昏中，她又梦见朋友介绍的那个他，开着宝马，后面跟着许多人，浩浩荡荡地来救她来了。他一点不惜力，皮鞋歪了，西服挂烂了，他两手磨出了血，但他仍然刨着四周的砖块。

会飞的硬币

她终于被救出去了,他把她紧紧的抱在怀里,她激动地哭了。她醒过来,四周仍是冰冷的砖块。她的泪流了下来,她用舌头舔了舔,咸咸的。

不知过了多久,她听到外面有人唤她的名字,又有石块搬动的声音。她尽自己最大的声音,回应了一句。外面发出颤抖的声音,紧随着,她眼前的一大块楼板被搬离了。她的眼前,出现刺眼的光亮,她本能的紧闭双眼。她只听外边激动地喊到:"我看见你了,我看见你了。不要动,我过去唤人来救你。"她听出来了,这个他,是她要说再见的他,并不是她心目中的那个他。

没有过多少时间,他又跑了回来。他说:"你没有睡着吗?他们马上就来了,你一定要坚持住。"

她虚弱的说:"我不行了,浑身没有一点力气。"

他说:"你一定要坚持住,他们来了,正在对你进行救援。答应我,你一定要坚持住。你恢复了以后,我们就结婚。你喜欢旅游结婚,那咱们就去意大利威尼斯、法国巴黎……"他在喋喋不休地说着,她在下面听着,她似乎真的和他去了威尼斯、巴黎,还有很多很多的地方。

他没有听见她说话,顿了顿,他又说:"如果,你不喜欢,就按照我们农村的旧俗,我用过去的轿子,抬着你进门……"

他无休无止地说着,使她忘记了困境,她流了许多幸福的泪,使她生命得到了延续,为抢救她赢得了充足的时间。她被救出来了,而在废墟外边的他,却昏倒了。

人们都惊叹这对情侣,一个在废墟外,一个在废墟里,他们都

第三辑 爱海泛舟

坚持了六天六夜,终于创造了生命的奇迹。在场的人都被感动了,也深深地理解了,什么是爱的真谛。

(发表于《佛山文艺》2008年8月(上半月)总第517期)

买不来的助听器

主人公一直想给父亲买一个助听器,但由于种种原因,愿望总不能实现,当他给父亲买来了助听器,助听器却对父亲来说,失去了应有的价值和意义。

上班十多年,父母除了我结婚,再也没有来过我住的县城。年前,我暗暗发誓,一定要让父母来,全家人欢欢乐乐过一个年。

平时,只要有机会回家,我就给父母做工作。母亲说,我们走了,家里的鸡、猫、狗、猪,都怎么办?它们都是命,有嘴也要吃饭。就是请邻居帮忙,也不能天天麻烦人家。

看到母亲思想做不通,我就做父亲的工作。建议该卖的卖掉,该送人的送人,费了半天工夫,说得口干舌燥,终于将父亲的思想转化过来。后来,不知道父亲是怎样给母亲做工作的,母亲也就答应了来我这里过年。

年关越来远近,我和妻子忙着操办过年需要的物品。拾掇父母住的房子,到商店里看了准备给父母买的衣服。母亲怕冷,就给母

会飞的硬币

亲买了电暖水袋。父亲耳背，我跑了城里几个大型药店，准备给父亲买一个质量好点的助听器。

其实，父亲在家里长期辛苦操劳，耳背都十多年了。我上大学时，见我们一个教授就戴着助听器，交流十分方便，于是，就有了给父亲买助听器的想法。当我将这个想法告诉父亲后，却被父亲挡了回去。他说，现在正是我上学花钱的时候，不能随便花钱。

参加工作后，几次都想着给父亲买助听器。可由于在离县城较远的一个乡镇工作，不便进城。偶尔进城，也往往因为这样、那样的原因，忘记给父亲买助听器。

每次回家，我就想起给父亲买助听器的事情。可一回到单位，在忙碌的工作中，又淡忘了。即使想起来，也给自己开脱，来日方长，等自己将工作干好，事业干成，给父母想买什么就买什么，到那时，再报答父母也不迟。

直到去年有一次，我给家里打电话。父亲高兴地说，县上要给他们民办退休教师加工资了。加工资后，他要给自己买助听器。后来，听说加工资是谣言，父亲也没有给自己买助听器。

我的心疼痛起来，记住父亲这句话，我想父亲这次来过春节，一定要给他买个助听器。

我督促父母尽早过来，可是父亲说，家里的事还没有处理好，年前将猪卖了，就会过来。然而，我万万没有想到，离春节只剩十多天的一天中午，我接到堂哥电话，说父亲病重，让我尽快赶往家乡医院。

我来到医院时，父亲已经阖上了双眼，永远地离开了。父亲走

第三辑　爱海泛舟

得那么匆忙，那么无声无息，没有留下只言片语，没有见上儿子最后一面。

母亲说，父亲一直都很精神。去世那天，还在邻村参加亲戚的宴请。宴席上，他高兴地对亲朋好友说，他将家里的猪卖掉后，就去儿子那里过春节。可还没过一个小时，就在亲戚家昏倒，被送往医院，经专家会诊，确诊为突发性脑溢血，已经无法挽救了。

父亲去世时，年仅六十一岁。

古人说"子欲养而亲不待"，而我一直错误地以为，尽孝的时间还很长。当命运无情夺走父亲的生命，我心中唯留疼痛和遗憾，在深深的悔恨中告诫自己：尽孝要早，莫要迟疑，时光易逝，父母易老。

（发于2011年2月24日渭南日报副刊）

复　活

主人公因为高考落榜，情绪低落，在网上消磨时日，遇到了知心网友，她就去约会，没想到，约会的网友却是罪犯，在她要结束自己生命的时候，她在电视上看到令自己愧疚的一幕。

高考结束后，我最怕别人问我成绩。我将自己圈进巴掌大的房子里，足不出户。每天除了吃饭和睡觉，就是听室外的蝉叫声。

会飞的硬币

日子在我的眼中，艰难地流淌。终于有一天，母亲忧郁的对父亲说，闺女整天呆在房子里，这样会闷出病来的。父亲连声也不吭一下，顺手扛起院角落的锄头，顶着烈日，又下地了。

过了好几天，很少到我房子来的父亲，推门而入。他从薄汗衫里摸索了好久，掏出几张皱巴巴的，带着汗腥味的纸币，放在我的桌子上。只说了一句话，你实在闷得慌，就到街道去玩吧。我见咱庄上几个孩子，在那上啥网。

从此，我的桌子前，每天都会出现几张可以上一两个小时网的钱币。我将自己的寂寞、不安、惶恐，全尽情地抛洒到了网吧里。

在网上，我认识了一位在南方城市，名叫红狐的网友。跟他聊天，我没有压力，没有约束，天马行空，我似乎忘记了一切的烦恼和忧愁。不久，我就为他的幽默风趣所折服，我们很快陷入热恋之中。红狐说，他时时刻刻都在想着我。我说，我跟他一样，有着同样的感受。

为了寻找自己的真爱，我向父母谎称同学聚会，看着越来越活泼的我。父母没有丝毫怀疑，母亲在父亲的示意下，从炕上的席底下，给我拿出了二百元。母亲说，这是家里羊娃卖了的钱，你装着，不要在同学面前，短了自己的精神。

我接过母亲的钱，不知道为啥，鼻子里酸酸的。

第二天，我就搭上了去南方城市的列车。一路上，我在想象着南方城市那轻盈的云朵，湛蓝的大海，还有我心中那个潇洒飘逸的他。

车到站了，我站在人流中，四处搜寻着一身淡蓝色西服，手捧一束玫瑰的他。这是最后一次聊天时，他告诉我的形象。

车站的人越来越少，却久久不见他的出现，我失望到了极点，

第三辑　爱海泛舟

牙齿紧咬着嘴唇，手中作为暗号的那本书，几乎要掉在地上。

这时，从东北方向过来一个年轻的帅哥，手捧着玫瑰，身着笔挺的西装，使他显得精神抖擞。我带着激动的心情，像小鸟一样，飞快地向他走去。

就在我们俩有一步之遥，我和他的前后，出现了几个警察。他惊慌失措，还未等他转身，就被警察抓住了，塞进了附近的车里。

我的大脑一片苍白，我不相信这是真的，一切都跟电影中的一样，他是我心爱的红狐，怎么可能是罪犯呢？不可能，绝对不可能。但我的耳边飘来附近几句淡淡的话语声，说那男的骗女孩可多了，这次终于被抓住了，真是上天有眼啊。我听了，不禁打了个冷战。在我婆娑的泪水中，警车绝尘而去。

我失望到了极点，这难道就是我所爱的红狐，喜欢的南方城市么？它为什么对我如此的残酷。在旅社里，我打开电视，躺在床上，我要看最后一眼家乡，然后就要用刀片结束自己的生命。

就在我拿起刀片时，我听到了电视里的哭声。我抬头看到母亲，一手拿着话筒，一手高举我的照片，哭诉着我离家出走的情形。

听着母亲的话，看着父母在电视上悲痛欲绝的样子，我再也没有拿起刀片的勇气。我觉得自己要好好地活着，不仅仅是为了自己而活着。

第二天，我整理行装，又坐上了回家的列车。

（发表于2009年《幽默讽刺精短小说》第11期）

虎　票

他喜欢集邮，其实是对女友的思念。因为一张虎票，使他和曾经的恋人再次邂逅。最后还是这张虎票，将他又拉回到了现实中。

他喜欢集邮，不仅仅是爱好，还有对一个人的思念。这个人是霞，他曾经的女友。

如今，他早已娶秀为妻，而霞却毫无音讯。

每当工作之余，他就会拿起集邮册，欣赏着邮票，脑海中就会出现，霞飘逸的长发，清澈如泉的眸子，爽朗悦耳的笑声。

这些都是他心中的秘密，秀并不知情。往往看见他发呆的样子，秀以为他喜欢邮票，已经到了发痴的程度。

一天晚上，就在他看着邮票，想起和霞在一起的日子时，秀惊喜地高叫着，跑了进来，将他从过去的记忆中拉了回来。

秀抢过邮册，翻了几页，眼中就泛出了亮光，激动地说，就是它，刚才电视上看到的，专家说它已升到了五十万，咱们要发财了。

秀所说的就是那张虎票，据专家介绍，全国现存仅有两张。

其实，他早已在网上知道了这张虎票的价值。正因为这样，才使他心中忐忑不安。

他和霞在大学里，因为两个人都爱好邮票，才走在了一起。俩人将邮票合在了一起，里面就包括那张清末民国初年发行的虎票。

第三辑 爱海泛舟

大学毕业后，由于霞的父亲随着部队，要换防到南方。霞是家里的独苗，在父母的强烈干预下，霞不得不匆匆离开他，跟着父母去了南方，却给他留下了所有邮票。

秀说，你到底卖不卖呀，说个话，别发呆了。

他终于缓过了神，很决绝地说，不卖。

秀很失望地说，看你守着那死邮票能干啥？厂子不景气，儿子又上高中，将来再上大学、找工作、买房子、娶媳妇……。所有这些，靠你我的工资，能行吗？

他说，我就是穷死，也不卖虎票。

秀阴沉着脸出去了，他看着她的背影，心中很痛苦。可要是卖了这张虎票，他觉得自己对不起过去，更对不起霞。

连续几个月里，他心里都很苦闷。朋友劝他，别再傻了，过去的都已经过去。既然有这么好的事，何乐而不为呢？

在妻子、朋友的劝说下，他有点动摇。

就在这时，他接到一个陌生电话，对方说自己是霞。

霞说，这些年，她一直都在牵挂着他。

他说，自己也一样。

霞说，她已经来到了他所在的城市，想和他见见面。

他心中知道，霞想干什么？

他毫不犹豫地说，好吧。

于是，他和霞就在一家酒吧里见面了。见了霞，看着霞丰腴的身躯，已经失去了往日的风采，跟他心中的那个霞，已经判若两人。他心中不禁感叹，岁月真的催人老。

会飞的硬币

霞看着他，笑着问自己是不是变老了。

他摇着头，说，没有，没有，依然很年轻，很美丽。说着这样的话，他感觉到自己脸烧烧的。

俩人回忆起过去的日子，谈到了集邮，最后说到了那张虎票。

他从皮包里，掏出那张虎票，递了过去。

霞脸上露出难以掩饰的喜悦，手却再推辞着，说自己不能要。

他说，这张邮票本来就是你的，我不能据为己有。说着，就将虎票硬塞进了霞的手里。

霞最后还是将邮票装进了自己包里，说，自己知道他的日子过得不容易，这点钱，就算是自己对他的补偿。说着，就从包里往出掏钱。

他看在眼里，心里悸动了一下，随后又释然了。找了个借口，悄悄逃出了酒吧。

从此，集邮册上落满了尘埃，他懒得再去理。

（发表于2012年完美小说网）

二姑的等待

二姑因为看一场电影，摔伤了腿。她不吃不喝，拒绝家里给她说亲，她在等待大春。可大春面对已经变成残疾人的二姑，他会来吗？

二姑刚从医院回来，就有媒婆来给二姑说媒，说的不是东村的瞎瞎，就是西村的瓜瓜，但她们还没有说完，就被二姑用枕头、笤帚等物打出了房子，接着就是二姑嘤嘤地哭声。

爷爷手里拿着长长的烟锅，在二姑的窗子底下，边抽烟边长吁短叹；奶奶不停地抹着眼中的泪水，小声嘀咕着，我娃命咋就这么苦哩？

二姑的房子里听不见了哭泣声，爷爷就向奶奶使眼色，奶奶就去厨房给二姑端饭。爷爷顺势站了起来，走进了二姑的屋子。二姑将头埋进被子里，一声不吭。爷爷进去坐在炕沿上，手拍拍二姑头上的被子，说，妮子，不哭，咱就认命吧，谁让咱命这么苦呢？本来剩下不到十天就要结婚了，可谁想到能遇到这样的事？

二姑掀起了被子，很艰难地坐了起来，瞪着眼说，我不，我就不。

这时，奶奶端着饭碗进来了，她瞪了爷爷几眼，说，你就不会说点好听的，出去，出去。爷爷就起身走出了门外，眼泪珠子啪啪地直往下掉。

奶奶将饭碗放在炕沿上，说，妮子呀，你几天不吃不喝，不为你着想，也要为大春想想，他要是回来看你瘦成这样了，他心里不难受么？

二姑听了奶奶的话，好像一下子来了精神，她忍着疼痛慢慢地爬了起来，端起饭碗就开始往嘴里扒饭，吃完饭，她又躺下了。奶奶看着二姑吃完饭，嘴角带着笑，出了屋子。

爷爷疑惑地看着走出门的奶奶问，眼里放着明亮的光，悄悄地问奶奶，你说的大春，他真的准备来？

奶奶脸色瞬间黑了下来，说，你再别给我提他。

会飞的硬币

爷爷看着奶奶佝偻的背影喃喃地说，可原来他是怎么追咱娃的，现在却变成了这样。

是的，爷爷说的没错。想当初，二姑在方圆百里可是一朵出类拔萃的花，人见人爱，人见人夸。大春为了得到二姑的心，没有少献殷勤，没有少费心机。大春的父母为了将二姑娶进家，也差点踏断了我家的门槛。

本来说得好好的，十天后就结婚，可在第二天晚上，听说邻村放电影，二姑和几位同伴就去看。在回家的路上，二姑只顾高兴地和同伴谈电影，却忘记了脚下的路，一脚不慎掉进了路边的地坑窑，摔坏了腿。据救治的医生讲，将来既是好了，也是半个残疾人。

在医院的时候，大春和他的父母都来看望了二姑好几趟。可自从二姑恢复的差不多，出了院，就再也没有来过。

有人对爷爷说，他看见大春的父母将儿子送上了去城里的车。

有人对奶奶说，大春的父母现在提起咱闺女的和他们儿子的婚事，就是不作声。

爷爷和奶奶看着发愣发呆的二姑，俩人似乎老了许多。

爷爷先妥协了，他对奶奶说，咱就退了人家的彩礼吧，给闺女另找个婆家。

听到爷爷的口风，那些身体有缺陷的年轻人家长似乎有了一线光亮，他们就让那些媒婆来家里说媒，一个个带着希望而来，背着失望而归。

奶奶还是不死心，可去了几次大春家，望着铁将军把门，奶奶的心凉透了。

到了第八天大清早，我家门口有小车嘀嘀地叫。奶奶开了门，看见大春一家下了车。大春直奔二姑的屋子，大春的父母对奶奶说，大春到城里去找了做大夫的伯父，说闺女的病还能治，他们这次就是要接二姑去城里看病。

爷爷和奶奶看着二姑被大春背上了车，小车绝尘而去。爷爷自言自语地说，这孩子命真好，终于等来了自己的好日子。

（发表于2013年第12期《金山》）

远去的荆轲

在戏台上，他俩是对手；在台下，他俩是一对恋人。有一天，师姐对他不理不睬，他以为师姐变心了，直到后来，他才知道是自己错怪了师姐。

戏台上，他是八面威风的秦王嬴政，她是豪气冲天的刺客荆轲。

戏台下，他是英俊潇洒的师弟，她是温柔大方的师姐。

他俩在戏台上可谓珠联璧合，将一部历史剧《荆轲刺秦王》演得风生水起，荡气回肠。观众看完，要么为秦王的残暴而咬牙切齿，要么为荆轲的死唏嘘不已，许多观众都是冲着他俩而来，使剧院场场座无虚席，《荆轲刺秦王》也成了剧院的压轴戏。

在戏台上，他们俩是冤家对头。可在现实生活中，他和师姐好

会飞的硬币

得就剩下在一个锅里搅马勺了。他深深地懂得,被一个人爱着是多么的幸福。

师姐爱他是义无反顾的,当年来自贫寒家庭的他,在艺校里缺吃少穿,是师姐从自己的伙食费里节省出钱来,不断地接济他,使他勉强读完了艺校。本来,他也不可能留在城里,是师姐央求父母托人找关系,终于使他留在了城里这座大剧院里,从而和她朝夕相处。

俩人参加工作后,就开始谈起恋爱。师姐的父亲知道他们的事情之后,蛮横地说,我把那个穷小子留在城里,他的福分都不浅了。现在,还想抢走我的女儿,连门都没有。

师姐的父亲是说到做到,剧院的领导找他们俩谈话,说如果他们再保持这种关系的话,他只能回到他的家乡去。而师姐的父母,也将再也不认师姐这个女儿。没想到,师姐二话没说,真的就拾掇东西,要跟着他回到他的家乡去。就在他俩要搭上火车走时,师姐的父母出现了,他们还是向自己的女儿屈服了。

在他们演的《荆轲刺秦王》取得巨大成功后,剧院院长笑着对他俩说,那年幸亏留住你们俩,否则,哪里有今天剧院火红的场面。

听着院长的话,他俩相视而笑。此时,他们正在准备着谈婚论嫁,他们将成为真正的一对夫妻。

谁想人生也是一场戏,尽管他和师姐在戏台上仍将《荆轲刺秦王》演得风风火火,可现实中,师姐竟然对他慢慢地冷淡起来。他像平常一样,想跟师姐亲热一下,师姐就会严肃地说,你怎么能这样?我是你的师姐,你可要放尊重点。

让他更为接受不了的是,一次演完戏,师姐竟然拉着一个刚从

第三辑　爱海泛舟

艺校毕业的漂亮姑娘说，要介绍给她。他看着师姐那平静的脸，心如刀绞。他想借工作之余，和师姐好好谈谈，告诉师姐，难道你还不懂我的心？我们曾经是怎么过来的，难道你还不知道？

可师姐从来没有给他机会，演完戏，师姐就回家了，连单位的门都不进。

他一直等着，他相信上苍一定会给他机会的，让他问问师姐，到底为什么要这样对待自己？

当他再一次和师姐登台的时候，剧院的首排观众席上，坐着一名穿白大褂的年轻医生，他怀抱一束鲜花，聚精会神地看着他们的表演。

演出结束了，那位医生将鲜花送给了师姐，师姐面若桃花，脸上洋溢着灿烂的笑。竟然连看都不看他一眼，挽着那名医生的胳膊走了。他的心很痛很痛，就出去喝酒，喝得酩酊大醉，是那位艺校刚毕业的女学生，将他扶回了宿舍，他们发生了不该发生的事情。最后，他们也就真正成为了夫妻。

他结婚了，觉得这是对师姐最大的报复。没想到，师姐咧着嘴，没心没肺地笑着说，祝贺你呀，师弟，你终于心有所属了。他冷哼一声，将师姐孤零零地扔在了身后。

又是《荆轲刺秦王》剧，他和师姐同台表演。师姐所扮演的荆轲，在投出匕首扎在柱子上后，那悲壮的唱词，使台下观众纷纷抹泪。他觉得自己真正成了秦王，使劲拔出了长剑，向荆轲恨恨地刺去。剑未到，师姐人却永远地倒下了。

后来，他从那位医生口中得知，师姐得了癌症，到了晚期，却一直不让告诉任何人，包括他。

这次，他的心彻底碎了。从此，他不再扮演秦王，不再登上舞台，因为他心中的那位荆轲早已离他而去。

（发表于2014年《小小说出版》第一期）

只有爱

她在医院的门诊前，喋喋不休地指责她生活里的每一位人，似乎他们每一个人对她都不好。直到姐夫的出现,让主人公明白了一切。

医院里，人家都静静地坐在那里，默默地等待着医生诊断结果。只有她，坐在我旁边，喋喋不休地诉说着丈夫的懒惰，儿子的淘气，亲戚的无情，村人的狡诈，我的耳朵里灌满了她对生活的埋怨。

我就对她说，你要好好想想生活中有阳光的一面，对人也一样，你要多想想他身上的优点。好的事情，你要记着，坏的事情，要赶快忘掉，这样你的心情，才会好起来。

她抬高声音说，哪里有什么好事，有什么好人，包括自己的丈夫和孩子，都整天在害她。

说着，她就哭起来，引起周围人的侧目，我坐在她身边，似乎浑身都长满了刺，感觉十分不舒服。

听着她的唠叨，想起她时常会半夜三更打来电话，打扰我不说，还影响妻子和孩子睡觉。我只好拿着电话，来到客厅，将声音压低，听她的哭诉，听她乱如一团麻的生活。安慰着她，让她想开一点。可怎么劝她，她还是想不开。只好硬着头皮，听她将自己的一肚子苦水倒完。她话说的累了，说要休息，就挂了电话。而我想着她的那些事情，心里很乱，怎么也睡不着了。

记得有一次，她给我打电话，说她跟自己的丈夫过不下去了。丈夫经常跟她吵架，她白天要下地干活，晚上回来还要处理家务，丈夫整天游手好闲，还不好好待她，她说起丈夫的不是来没完没了，我心里早已听腻了，可无论如何都得听下去。

想当初，家里就不看好他俩的婚姻，因为一个在内地，一个在边疆，太远了，将来出个什么事，都照顾不上。可她却不行，嚷着闹着要跟他，家里人没办法，只好由着她自己，她辫子一甩，就上了新疆。现在孩子都七八岁了，她现在却经常和丈夫闹得鸡犬不宁。

想到这里，也是为了尽快结束话题，我就说，要么，你回来吧，你们分开一段，也许能好一点。没想到，她真的回来了。于是，我就在我所在的城市，给她找了份搞餐饮的工作。她每个礼拜来我这里一次，来了，跟我说不了两句话，就打开包裹，拿出针线活，不是忙着给她丈夫做鞋子，就是急着给她的孩子做缝衣服。一次，我看见她的手机响了。她连忙放下手中的活，就走进了房子。我听见她给丈夫打电话，询问孩子上学怎么样？每天吃饭怎么？地里棉花长得怎么样？大棚菜地里的草锄了没有？听到这里，我知道她不会在内地呆多久，因为她的心还在新疆。

果不其然，一天，我正在上班。她急急地给我打电话说，她已经坐上了去新疆的火车。我气恼地说，你不是说他对你不好吗，既

会飞的硬币

然不好，你刚刚跳出火坑，现在却要跳进去。她说，她的丈夫得了肠胃炎，正躺在医院里，没人照顾，她要回去看看。就这样，她又到了新疆。后来，我才知道，那是个骗局，她丈夫好好的，就是为了将她哄着上新疆。

就在我想着往事时，她拉了拉我的胳膊，说，你说我怎么办？我到底怎么办？

到底怎么办，这倒是个难题。我皱着眉想了想，抬起头看着她因为长期在田地辛苦劳作晒黑的脸庞，还有那日益发胖的身躯，过去她在我心中那个曾经美好的形象轰然倒塌。心中一阵难过，就有了快刀斩乱麻的想法。于是，我对她说了狠话，实在过不下去，你们就离婚。

她听我说离婚，似乎惊呆了，眼睛睁得好大。她也许没有想到，这话会从我的口中说出。瞬间，她就叹了口气说，只要她的丈夫离，她就离，也许离了，大家都解脱了，只是孩子可怜啊。

我没好气地说，像你这样，就是离了，难道就能生活好？人，谁不是生活在矛盾中，谁没有一本难念的经。

她默然无语。

这时，医生办公室门开了。她的丈夫，也就是我的姐夫拿着诊断结果出来了，他们这次是回内地来给姐看病的。

（发表于2014年6月6日陕西农村报黄河浪花副刊）

第三辑 爱海泛舟

彷　徨

韩小梅是跟主人公吵架后走的，她选择了去西部支教。主人公以为自己可以离开韩小梅。可后来，他发现自己无论如何，还是摆脱不了对韩小梅的思念。

韩小梅是跟我吵架后走的。

我以为她走了之后，我的世界就清净了。没有想到，在韩小梅离开的日子，我的生活过得竟如白开水一般无滋无味。

可是当我终于给她打通电话时，她哈哈笑着说，你现在想起妹子了？我已经去西部山区支教了。

在百无聊赖中，公司热心的大姐给我介绍了女朋友丽。我想，生活中有了丽，就会很快忘记韩小梅。可看着乱七八糟的屋子，还有丽常常带回来的外卖，此时，我对韩小梅的思念则是更加强烈。

于是，我就在电话中说，韩小梅，你还是回来吧，城里条件多好，何必在那穷山恶水的地方做孩子王？

韩小梅呵呵笑着说，你说这里是山沟沟，可你知道不知道这里的天，是多么的蓝；山，是多么的秀；水，又是多么的清，简直就是九寨沟的翻版，天然的大氧吧，我才不回你那里去做吸尘器。

我看劝不动她，只好说实话了。我说，韩小梅，说真的，我不

会飞的硬币

能没有你。

电话那边断了声,片刻过后,韩小梅叹口气,说,我也没办法,这里的孩子真的很需要我。

接着,她给我讲了许许多多关于她和孩子的事情。其中有一个孩子,因为在上课的时候捣乱,被她批评了一顿,那孩子就从学校跑了。那天,正下着大雨,她害怕出什么意外,深一脚浅一脚地走了四五里山路,才到了那个孩子的家里。她将孩子逃学的情况向家长说明了之后,就连忙道歉。没想到孩子家长说,没事,孩子不会跑远的,硬留着她吃了一顿热烘烘的饭。然后,送她回到了学校,天已经黑了。家长还说,请她放心,他会把孩子找回来的。半夜的时候,她听到咚咚的敲门声,胆战心惊地问,是谁?门外的人说,他是孩子家长,将孩子领来给她道歉,希望她能继续让孩子读书。她开了门,看着满腿泥浆的父子俩,心里升腾起一种莫名的感动。

像这样的故事,举不胜举,一天一夜都说不完。我听着她讲的故事,心里感觉到有一种欲望,那就是到那里去,去看看她和她的学生。

她说,你如果想来的话,我和这里的孩子们热烈欢迎你加入志愿者行列。

我说,还是让我再想想吧。

挂了电话,我点燃一根烟,陷入了困顿迷惘之中。思虑再三,我还是想听听身边人的意见。

回到家里,母亲听我说要去支教,抹着泪,说,我和你爸,把

第三辑　爱海泛舟

你辛辛苦苦拉扯大，还指望把你留在身边，养老送终。你现在倒好，为了一个女人，竟然跑那么远去支教，你心中还有没有我们？

上班后，我将我的想法告诉了公司主管。主管说，支教是好事情，但你要好好考虑一下，你通过自己的努力，刚刚才在公司站稳了脚跟。公司也打算把你作为后备干部培养，可在这个节骨眼上，你要去支教，这你想过后果吗？

下了班，我将自己的烦心事告诉几位朋友。他们都纷纷说，为了自己所爱的人，你竟然可以放弃自己奋斗的成果，和城里优越的生活条件，确实令人很钦佩。但这毕竟是人生的大事，你一定要慎重考虑，马虎不得。

唉，真是一群酒朋狗友，一个个滑得跟泥鳅一样，想让他们出主意，难比登天。

更让我烦心的是，丽也来闹了。边哭边说，你把我当什么了，像一块抹布不要了，就随便扔，是不是？

说着，一屁股坐在床头，嚷着说，你走也可以，爱上哪儿去哪儿，但这房子必须给我留着。

我烦透了，走出了房子，透过密密匝匝的枝叶，似乎看到韩小梅正带着那一群淘气的孩子，在山水间朗诵诗文，唱歌跳舞。

（发表于 2014 年 5 月 26 日《羊城晚报》花地副刊）

觉 醒

柳小枝自以为过着锦衣玉食的生活,有一个爱着自己的人,这就足够了。可一场病,使她真的觉醒了,她决定,要放弃这种寄人篱下的生活。

柳小枝身穿吊带睡衣,怀抱着那只名贵的波斯猫,慵懒地坐在客厅的窗前,正无聊地望着窗外时,传来了敲门声。

听着这声音,柳小枝嘴角露出了浅浅的笑。她弯腰放下猫咪,耷拉着鞋子,小跑着开了门,强子那伟岸的身躯就出现在了她的面前。

柳小枝碰上了门,双手就搭在强子的脖子上,腻腻地说,我可想死你了,抱抱我吧。

强子用力抱了抱柳小枝,在她脸上啄了一口,就将她松开,然后坐到沙发上,吸起了闷烟。

柳小枝看到强子没有了往日的激情,她又很不甘心地贴到了他跟前,咬着他的耳朵说,带我走吧,我整天待在这屋子里,烦透了。

强子心里想到,按往日经验,他对这个女人越冷淡,越能达到自己的目的。于是,他就装出一副冷冰冰的样子,一把推开柳小枝,说,你有什么好烦的,有人宠着,有房子住着,整天不愁吃、不愁穿的,还嫌福气不够吗?

第三辑 爱海泛舟

果然，柳小枝看着他郁闷的样子，弱弱地问，你是不是又缺钱花了？

强子没有回答柳小枝的问话，只是一味地抽烟。

这时，那只波斯猫不识好歹地跑到了强子脚下面，想往他膝盖上爬，他抬起腿就是一脚，那只猫惨叫着远远地跑开了。

柳小枝心中一颤，她感觉那一脚，似乎是踢到了她的身上。

她眼含泪花，向强子问道，我想问你句真心话，你到底爱不爱我？

强子站了起来，紧紧地抱着她说，傻瓜，我不爱你爱谁啊！

听着强子的话，柳小枝破涕为笑。她回到卧室，用钥匙打开卧室的保险箱，从箱子了取出了十万元。

她将钱装到袋子里，递给强子，说，我身边没有多少钱了，这是海子出差前，留给我的最后一笔钱。你拿着，可要慢慢花。

强子接过钱袋子，放在了一边。而是将她抱了起来，走向了卧室。此时，柳小枝感到自己就是那只名贵的波斯猫，只有被人宠爱着，抚摸着，她就感觉到实实在在的幸福，实实在在的快乐。

俩人激情完毕，强子坏笑着问，我比起海子来，谁更厉害？

柳小枝红着脸，不说话，用手在强子腿上拧了一把。

强子疼得怪叫了一声，接着又对她说，你先别急，等我翻本之后，我就带你走，带你去过你想要的生活。

说完，强子就提着钱走了，房子又空了。

柳小枝在等着强子翻本的同时，她心里又感觉挺对不起海子的。海子给了她房子、车子、票子，可她心里却装着另外一个男人，她感到很内疚。但转眼，她又想，要是海子除了给她钱，还能给她感

会飞的硬币

情方面的，她会这样么？每当想到这里，柳小枝就感慨万千，像海子这样一个能在商场上翻手是云，覆手是雨的人物，咋情商就这么低呢？

直到有一天夜晚，柳小枝突然感觉心口痛，就在柜子里找了点家庭备用药，吃了之后，心想病应该好了。可没想到，心口是越来越痛，她先给强子打电话，可人家的电话关机了。柳小枝这才想起，自从强子那次从她这里拿走最后一笔钱，就再没有在她的世界里出现过。

想到这里，柳小枝凄惨地冷笑一下，她又给海子打电话。海子的电话通了，传来一个女子的声音。那女的问她，你是谁，找海子有事么？她听到这里，似乎又想起海子出差应该回来了，可他怎么就没回这个家，来看看她，而又回到了那个女人的家。她越想越生气，就果断地挂了电话。

心口仍在痛，没办法，只好给医院打急救电话，救护车将她送到了医院。由于抢救及时，身体没有什么大碍。在住院的几天里，她正好和一对夫妻在一个病房，当她看到那位丈夫为生病的妻子一口一口喂饭的情景，她感动的双泪哗啦啦直流。那几天里，她将一切的一切似乎想明白了。尽管强子和海子一直给她打电话，她都没有接。后来，实在没有办法，她就给他们分别发了一条短信。她写道，我不再依赖任何人，我将独立行走于天地之间。

发完短信，她断然抽掉手机里的电话卡，丢进了垃圾桶，似乎连她的过去，都被她潇洒地扔掉了。

（发表于2014年《小小说大世界》第七期）

第三辑　爱海泛舟

灯

他曾经因为自己的残疾，自暴自弃，甚至要结束自己的生命，是母亲，让他重新站了起来，看清了前方的道路。于是，他执着地追求着，直到到达成功的彼岸。

他在国际残疾人职业技能大赛上，终于以精湛的裁剪技艺，击败了来自全世界的800多名选手，夺得了女装制作组金牌。

他站在领奖台上，面对闪闪的镁光灯以及热烈的掌声，他透过大厅五光十色的彩灯，思绪飞回了祖国，回到了家乡，想起了白发苍苍的母亲，他泪流满面。

他清楚地记得，十年前，如果不是母亲紧紧地抱住他，他已经离开了这个世界。那时，他学着修钟表，母亲将自己上山挖草药换回来的钱，给他全买了钟表。他捣鼓了近两个月，将那些表拆得四分五裂，可就是怎么也安装不上去。他变得焦躁不安，彻底绝望了，死亡的阴影占据了他的头脑，他想到了一死了之。于是，他将那些钟表零件，全拨到了地上，冲出屋子，奔向屋后的水井。母亲在屋后的菜园里，一眼就看到了发疯的他，急忙跑过来抱住了他，将他关到了屋子里。

从此，母亲将他锁在屋子里，不让他出去。过了几天，母亲就从邻近的学校老师那儿，为他借来好多书籍，供他阅读。而令他最

会飞的硬币

为高兴的是，母亲一次去县城卖草药回来，为他带回来一套《钢铁是怎样炼成的》自传体小说。主人公保尔·柯察金历经战火的洗礼，出生入死，身残志坚的动人事迹深深打动了他。"人最宝贵的是生命，生命给予人的只有一次。人的一生应该这样度过：当你回首往事时，不因虚度年华而悔恨，不因碌碌无为而羞愧。"当他看到这段时，不禁为自己的轻生羞愧不已，他把这段话工工整整地抄录下来，贴在自己的床头，激励自己不断奋进。在看书之余，他喜欢绘画，母亲就为他买来了一套服装教材。他一边学习、一边实践。初时，在报纸上临摹、剪裁，后来，家里的旧衣服成了他的试验品。没有老师指导，他就自己对照书本中的尺寸裁剪；无法站立，便坐着板凳，伏在炕沿上剪裁……4个月后，在母亲的帮助下，他把炕当作剪裁桌，门为烫衣板，搪瓷缸为熨斗，开始为亲朋好友免费做衣服。就这样，在母亲的鼓励与帮助下。渐渐地，他成了十里八乡有名的裁缝。

怎么又能忘记？二十年前，他第一次想到了死。那年，他以全县第五名的优异成绩，考入了县重点高中。可因为体检不过关，还是被无情地被刷了下来。他痛苦极了，想到了自杀。

一天，他趁家里人外出的机会，溜进了柴草屋，取下了挂在墙上的农药。就在他揭开农药盖，准备将瓶中的农药倒进嘴里时，一只手伸了过来，抢过农药瓶，扔出了门外。他定睛一看，那是母亲。

母亲气得脸色发青，全身颤抖，双手摇着他的肩膀，流着泪问他，为什么要这样？

他边哭边说，我不能上学，活着还有什么意义，还是让我死了好。

他刚说完，母亲的巴掌就打了过来。母亲打了他之后，又把他搂到怀里，说，你怎么能这样傻呢？你知道吗，你三岁的时候，得了小儿麻痹症，四肢麻木，躺在床上，一动都不能动。你爹看着你的样子，离家出走，毫无音讯。我为了给你治病，我只好背着你，翻山越岭，四处为你求医问药。你八岁的时候，总算手脚能动了。为了让你上学，我风里来，雨里去，付出了多少辛苦，你知道吗？现在，你却要想死，你对得起我多年的辛苦吗？

母亲的哭诉，似乎还在他耳边回响。

这时，一个外国记者用生硬的汉语打断了他的思绪。

他说，请问先生，你的泪水是为激动而流吗？

他摇摇头，说，不，我的泪水是为了母亲，她为我点亮了一盏心中之灯。

记者疑惑不解，还想问什么，却被热烈的掌声淹没了。

（本文发于2014年10月《醴泉文艺》）

你若安好，便是晴天霹雳

王小柔看到江曼丽开着豪车，住着别墅，她既嫉妒又羡慕，直到一件事发生之后，她浮躁的心，才趋于平静，她终于回到了现实之中。

这个城市说大也大，说小也小，王小柔和江曼丽就是这样不期

会飞的硬币

而遇的。

那天的天气不是怎么好，又是一个雾霾天。王小柔边报怨这鬼天气，边急着往家赶。

走在一个十字路口，从旁边的辅道冲来一辆保时捷，一声尖利的急刹车，在王小柔面前停了下来。王小柔惊出了一身冷汗，本来张嘴要骂。这时，车窗玻璃摇了下去，伸出一个头来，两人四目相对，愣怔一下，就猛然间互相叫出了对方的名字。

接着，江曼丽扭着小蛮腰，从车上走下来，想和王小柔来一个热烈的拥抱。王小柔看着穿着时尚的江曼丽，她有点犹豫，但还是勉强地迎上去，互相抱了一下。

然后，江曼丽就约王小柔去她那里玩。

王小柔说，不行啊，家里有事，我得尽早赶回家。

江曼丽笑着说，你就这么害怕老公啊。

王小柔脸红了，沉默不语。

江曼丽还是将她拽上了车，车经过半个小时的行程，就进了景色秀丽的江滨小区。王小柔知道，江滨小区是本市高档别墅区，一般普通人是住不起的。她心里暗暗琢磨，江曼丽家肯定也不一般了。果然，进了江曼丽家，就跟进了宫殿一般。看着墙上结婚照里的男子，王小柔感觉好眼熟，可想不起在哪儿见过。

江曼丽看到王小柔盯着她的结婚照看，就幸福地问，看我老公怎么样啊？

王小柔没有回答，只是问，你老公是干什么的？

江曼丽说，你问他呀，他是咱市著名的企业家。

第三辑 爱海泛舟

王小柔恍然大悟，难怪这么熟悉，原来经常在电视上看到。

江曼丽告诉王小柔，她是去年春天，才搬到这个城市的，天天没事干，就开着车到处玩。她又说，老公经常忙生意，一个人住在这里。欢迎王小柔没事了，来这里玩。

王小柔嘴里答应着，可她心里想着，上高中时的江曼丽，不大爱说话，在学习、才艺方面，都是普通得不能再普通了，甚至于班集体组织的活动，都忽略了江曼丽的存在。高中毕业后，王小柔上了大学，江曼丽也就消失在了王小柔的记忆中。

如今，江曼丽带着一身的富贵气，开着名车，回来了。看到这一切。她心中泛起的只有伤感和苦涩。为了掩饰自己心里的不快，她推说时间不早了，要回家。江曼丽将王小柔送到楼下，俩人就此告了别。

回到家里，老公已经将饭菜端上了桌，等着她吃饭。她闷闷不乐地回到卧室，躺在了床上。老公坐在床前，小心翼翼地问她咋啦，怎么不吃饭？她摇摇头，说，吃饭没胃口。说完，就用被子蒙住了头。

自从那次和江曼丽见面之后，王小柔的天空，不再有太阳。尽管，几次江曼丽邀请王小柔去她那里玩，她都拒绝了。她经常无端地给老公发火，甚至把情绪带到了单位。她经常以泪洗面，暗自伤神，悲叹人与人的差别为何这么大。

直到半年后的一天晚上，王小柔蜷缩在沙发上，正在打盹。电视上播放本市新闻，报道本市一名著名企业家因为重婚罪被告上了法庭。王小柔顺便看了一眼，她看到了那位企业家。接着镜头一闪，

127

会飞的硬币

江曼丽憔悴而苍白的面孔在电视上一晃而过。

王小柔心里为之一动,她就忙给江曼丽打电话,可电话怎么也打不通。

王小柔不死心,第二天,她就到江滨小区找江曼丽。小区保安问他找谁,她说找江曼丽。那个保安狐疑地打量着她问,你是江曼丽的什么人。王小柔灵机一动说,我跟她生意上有点来往,我是来讨债的。小区保安说,你还是别跑了,那个女人最近惹上了官司,早已不见踪影了,我们物业也在找她呢。

王小柔庆幸自己反应快,没有摊上麻烦事。走出小区,王小柔的心情不由得好了起来,她感觉自己走出了江曼丽的阴影。

(此文发《小小说大世界》2015年第4期,发2014年天津《微型小说月报》第六期)

面之伤

他生病了,她给他带来了一份盒饭,而不是他想吃的"病号面"。就是这碗"病号面",让他苦心经营的爱之塔,轰然倒下。

他是为她而生病的。

那天,他正在公司忙碌。她打来电话,要他陪她去逛街。

他看着面前厚厚一摞文件,犹豫着说,能不能改天?

第三辑　爱海泛舟

她语气生硬地说，你来不来，你看着办。说完，就挂了电话。

他皱皱眉，叹口气，心里想，看来这个月工资又要完了。想归想，他还是跟经理请了假，然后就下了楼。

果然，她买了很多东西，有时尚的皮包，高档的美容品，时髦的服装等等，尽管花了很多钱，使他的钱包瘪的不能再瘪了，但看到她欢乐的神情，他心里还是十分地高兴。就在他们回家的路上，天突然下起来大雨。俩人都没有带伞，情急之下，他脱下了外套，护住了她，而自己却淋透了，并发起了高烧。

他只好再一次打电话请假，躺在家里休养。她叮嘱他，要及时吃药，然后就匆匆上班去了。

他望着她远去的背影，不由自主地想到了母亲。记得小时，每当他有病时，母亲就会给他做一碗热乎乎的"病号面"。母亲所谓的"病号面"，其实就是葱花清汤面。母亲认为，人在生病的时候，要吃的清淡一点，病才好的快。虽然现在，爱他的母亲不在身边，为他做一碗"病号面"。但他想，他心爱的女朋友，一定也会为他做一碗"病号面"的。

想着"病号面"，他就想起了他与她初次见面的情景。那是在回老家的长途客车上，他被一头披肩发、明眸皓齿、一袭白色长裙的她所吸引。于是，他就软磨硬泡地跟她邻座换了座位。这样，他就坐在了她的身旁。他主动和她聊了起来。后来，他才知道她是家里独生女，父母从她小时候起，就对她疼爱有加，在她身上倾注了很大的心血。现在，她在城区一个舞蹈培训中心上班。这次，她也是回家，正好跟他同路。他们一路上，聊得十分投机。最后，他们

会飞的硬币

互相留了电话和地址。

回到城里,他几乎每天都要给他打电话,嘘寒问暖,耐心倾听她的心事。经过三年的苦苦追求,他终于用自己的执着和柔情,赢得了她的芳心。有她的日子,尽管他生活得很累,但他心甘情愿;有她的世界,尽管他只有爱的付出,但他无怨无悔。

就如现在,他并不想需要她,为他多做什么,只要能为他做一碗"病号面",他就感到莫大的幸福。他等待着她下班归来,再说出自己这个小小的想法。

她回来了,为他带回来了饭,是盒饭。他看看盒饭,推到了一边,笑着对她说,你能为我做一碗"病号面"么?

她疑惑地看着他,说,什么"病号面",我不会做。

他笑眯眯地说,我现在教你做,很简单的。

她瞅了他一眼,冷冷地说,我从小到大,根本就没有做过饭,现在也不想做饭。再说了,对于一个舞蹈老师来说,一双白净的手、一身粉嫩的皮肤又是多么的重要,我哪能因为给你做饭而坏了我的手,我的皮肤。你要是婚后想让我给你做饭,你不如娶个保姆算了。说完,她飘然而去。

望着她远去的背影,他似乎看到几年来,自己苦苦经营的爱之塔,轰然倒塌了。

(小小说《病号面》发 2014 年《涡河新太康》)

第三辑　爱海泛舟

较　量

　　她知道他所做的一切，都是违法的事情，她想让他迷途知返，不惜与他周旋，与他在悬崖前较量。她能否说服他，能否使他浪子回头？

　　他和她好不容易逃出警察的追捕。

　　他躺在悬崖边的石头旁，在苦苦地思索，这一次，到底是谁出卖了他？

　　她看着他，浓浓的剑眉，高高的鼻梁，强健的臂膀，使她想起一个人，她心中就充满了无限的悲哀和伤痛，但她依然用温和而又热烈的目光望着他。

　　她说，别想了，以后还是找个正经的事干吧。

　　他攥紧拳头挥了一下，咬牙切齿地说，不，我一定要东山再起，再来一次。

　　她皱了皱眉，说，这都是第几次了，还不是失败了，我看你还是别再干这事了。

　　他轻哼了一声，说，我做的事没错，是发财的事，只可惜，我认人不准。我的团队里，出了内奸。

　　她笑了笑，说，你早就该考虑你的团队，是不是出了内奸。不然的话，警察对你们怎么掌握得这么清楚，每次都能找到秘密窝点。

会飞的硬币

他咬牙切齿地说，我一定找出那个叛徒，非扒了他的皮不可。

你能找到他吗？她问。

他说，我已经知道了，今晚，我就找他算账。

她心里一紧，但仍不露声色地问，他是谁？

他说，还有谁，就是咱邻村的小凯。

她问，你怎么就肯定是他。

他给她分析道，你想想，第一次，我们在城中村的民房里授课，那次小凯推脱闹肚子；第二次，我们在社区的地下室讲课，又是这个小凯，他说他发烧感冒；这次，我们在郊区的果园里授课，还是这个小凯，他又推脱没有参加。这三次，我们之所以被警察连窝端，肯定是小凯告的密。

她轻轻哀叹了一声，心想，他要是将自己的聪明，放在正经生意上多好。

他听见她的哀叹声，激动地抓住她粗糙的手，说，还好，咱们几次化险为夷，多亏了有你在。你放心，我一定会让你过上舒服生活的。

她问他，你怎么让我过上好日子？

他说，警察能抓我的人，我就能继续召集人马，继续干我的事。

她看着他，仍然执迷不悟，心里痛苦极了。

她咬了咬干涩的嘴唇，对他说，你错怪人家小凯了，根本不是他告的密，告密的人是我。

他瞪着眼睛，说，不可能，你天天在我身边，怎么会是你？

她难过地说，我是天天跟着你，可我也有我的办法把消息传给

第三辑　爱海泛舟

警察。

他摇着她的胳膊,说,我不信,这不是真的,既然你要告密,让警察抓我,可是在最关键的时候,都是你救了我。就像这次,你还是救了我。

她悲哀地说,我救你,就是希望你能够悬崖勒马,早日醒悟过来。你难道忘了,你爹当年就因为传销而丧生。这些年,为了供你上学,我给人家做保姆,做清洁工,再苦再累的活,我都不怕,就希望你能够有一天出人头地。你大学毕业了,你说你在城里干大事了,我为你骄傲,辞掉了工作,来到你公司,才发现你干的,跟你爹做的一样。我两年多来,一次又一次,让你脱险,就想让你醒悟过来,走上正道,可你到现在,还是执迷不悟。

她说着,说着,竟然哭了起来,她觉得自己好失败。

他没想到,出卖自己的,是自己的亲娘;一次又一次救他的,仍然是他的亲娘。

他红着眼,心里犹豫着,对娘说道,不做这个,与其贫穷地活着,还不如死了好。

娘听了他的话,凄惨地说,好,你继续做吧,我去死,我不想再看到你这样活着,让我伤心。

娘说完,就向悬崖走去,她要以死唤起儿子的觉醒。

他心里一惊,上前一把拉住了娘,向娘跪了下去。

(本文发于 2015 年 11 月《太康月刊》)

找

陈小雪受吴兰英的蛊惑，离家出走。当她真正认清邪教真面目后，她决定再一次离开家，去找一个人，她也需要她的帮助。

陈小雪在寻找吴兰英，她坚信只要能找到她，就一定能使吴兰英这个全能神邪教的受害者迷途知返。

三年前，陈小雪在这个城市打工的过程中，遇到了吴兰英。开始，她对吴兰英并没有什么好感，觉得这个人整天神神道道的，见了人不是向怀里塞什么全能神的书，就是拉住手不放，没完没了地讲她的那一套神论，让人觉得讨厌，甚至从心底里嘲笑这人脑子一定有病。

一天晚上，接到丈夫的电话说家里有些事情，尤其是上小学的孩子病了很想妈妈，身在异乡独一人的陈小雪忍不住低声哭泣起来，就在这时吴兰英推门进来了。

吴兰英说，有什么事说出来，你就会轻松点，别装在心里，这样，你会憋疯的。

听了吴兰英的话，不知何故，她竟然将一肚子的苦水都倒了出来。

吴兰英静静地听她说完，然后说，你想知道你父母为何整天抱着药罐子？你的儿子为何要得病？你的丈夫搞养殖业为何屡屡赔钱吗？

第三辑　爱海泛舟

陈小雪惊奇地看着吴兰英，将信将疑地点了点头。

吴兰英说，这些都是因为你的时运不好，没有受到神的庇护而造成的。只要你信了全能神，敬神、尊神，按神说的去做，神就会给你带来福音，也会拯救你的全家。

接着，吴兰英就告诉陈小雪，她是全能神教组织的人，是专门来这个城市传播福音的，像你这样的人正是神安排来向其传福音的，不然在你最痛苦和最需要人帮助的时候怎么我会出现在你面前呢？这就是神意和神缘啊！且拿出随身携带的书《话在肉身显现》读了几段，听的陈小雪觉得眼前这个人如救星一般。在吴兰英的一番有理有据的劝诱和苦口婆心的说合下，陈小雪不由自主地加入了全能神邪教组织。从此她开始变了，再也不是原来的陈小雪。她开始对工作敷衍了事，晚上跟着吴兰英读全能神的书，按其要求穿梭于城市的大街小巷，偷偷摸摸地散发传单，发展神教人员。

当她们在城市的地下网络组织建立起来的时候，吴兰英将这里的一切，交给了陈小雪，她就离开了。连续五年时间里，陈小雪为了敬神、尊神，严格按照吴兰英对她要求的那样全身心地投入到为"神"的作工中，没有回过一次家，将所有精力用到了传播神教上。因为她相信，自己一定能够用行动感化上苍，乞求全能神还她一个幸福的家庭。

然而这一切都在梦中，直到有一天，丈夫带着儿子千里迢迢地赶到这个城市，找到了她，方才使她梦醒了过来。

看着面色红润、活泼乱跳的儿子，还有精神焕发、神采奕奕地丈夫，她有点不敢相信自己的眼睛。她将孩子搂在怀里，将脸贴在

会飞的硬币

孩子的脸蛋上，激动得热泪盈眶。

丈夫告诉她，她父母的病得到了控制，也不用再经常吃药了。她立即放开了孩子，拉着丈夫和孩子的手，来到放神像的一间屋子里。她面对神像跪了下去，并要求丈夫和儿子赶快跪下，感谢神灵，这是神救了他们全家。

丈夫看着她的行为，感到很好笑。可为了不惹她生气，还是和儿子跪了下去。

磕完头，丈夫告诉她，这些可不是神带来的。

她眼睛一瞪，生气地说，你怎么能亵渎神灵呢？咱们家能有今天，还不是我整天辛辛苦苦敬神带来的。除了神，还有谁能给咱家如此的福音？

丈夫说，你错了，五年里，你就不知道咱们村子发生了多少变化。五年前，县上组织农民进行科技大培训，我参加了养殖培训。经过半年对养殖业的学习，我懂得了好多养殖技术，重新搞起来了养殖业。几年时间里，我就赚到了钱。有了钱，再加上政府的大病救助，咱爸咱妈咱孩子的病就不成问题了，经过住院治疗，基本治好了。

男人眉飞色舞地给她说着，她有点不相信地看着丈夫。丈夫说，不信，你就跟着我回家去看看，就明白了。

陈小雪带着疑虑，跟着丈夫回到了曾经的家。家里确实都变了，正如男人所说的那样。

母亲拉着她的手，问长问短。她对母亲说，这一切，还要亏上天的保佑。

母亲笑着说，上天哪管凡人的事情。你走了这几年，可苦了你男

第三辑　爱海泛舟

人了，他既要搞养殖，又要照顾家里，不容易啊。

亲人的一句句暖心的话，就像响雷一样，在陈小雪耳边炸响。吴兰英在陈小雪心中筑起的那座神的灵塔，竟如此不堪一击，瞬间就倒塌了。

在家里住了一晚上，陈小雪要走。家人惊异地说，你还要去做那些事？

陈小雪摇摇头，说，不了，我再也不做了。不过，我要到另一个城市去找一个人，找到她，我就回来。

说完，陈小雪头也不回地踏上了寻找吴兰英的旅程。并发誓一定要找到她，决不能再让她害人了。

（发于2014年10月01日凯风陕西网）

火

正是收割麦子的季节，为了防止百姓烧麦茬，刘镇长以单位为家，到处巡查。就在他一天巡查完毕时，有干部报告，又有地方出现了火情。

报告刘镇长，东南村发现火情。

什么，东南村着火了。

刘镇长刚巡查完全镇十几个村子，走进办公室，还没喘口气，

会飞的硬币

就接到了东南村驻村干部小王的电话汇报。

你赶快组织人力，控制住火势，我马上赶到。说完，刘镇长就喊上司机小李，开着车急往东南村驰去。

刘镇长在车上，耳边似乎还回荡着县长在全县领导干部大会上放出的硬话，如果哪个乡镇再出现烧麦茬的现象，严重影响县上形象的，将严格追究乡镇政府主要领导的责任。我看，你这官也就别当了，回家去抱孩子吧。散会后，县长又将刘镇长叫到办公室，对他强调说，你们镇是农业大镇，又离省市飞机场最近，一定要高度警惕，严防死守，绝不能放一把火，冒一缕烟。如果出了问题，拿你是问。

听了县长的叮咛，刘镇长感觉肩上的担子很重，压力很大。回到镇上，刘镇长带头一天二十四小时，住在镇上，吃在镇上，每天早晚坚持开着车下村巡查。他自己是这样做的，也要求全乡镇干部必须做到。每到一个村子，他都要苦口婆心，再三叮咛驻村干部，一定做好群众工作，确保全村没有烧麦茬的。

就在今天傍晚，当刘镇长的车来到东南村巡查时，驻村干部小王还拍着胸脯对他说，刘镇长，你就安心回去吧，我在这里给你好好盯着呢。他当时很信任地拍了拍这个看上去很干练的小伙子，就上了车，又到其他村子去看了。

谁又能想到，他离开村子没有屁大的功夫，火就在东南村着了。这个小王是怎么搞的，等到了现场，看我怎么收拾他，刘镇长心里暗暗想着。

刘镇长，那你的孩子怎么办？司机小李问道。

呀，还有孩子。刘镇长拍拍自己的额头，惊叫道。

▶ 第三辑 爱海泛舟

刘镇长这段时间，整天忙于乡镇的工作。家里的事，全托付给了妻子娟子。娟子抱怨地说，你把自己卖给镇政府得了，以后就将镇政府当家吧，不要回来。娟子今年带高三，现在正是学生面临高考的冲刺阶段，娟子也很忙。没办法，他们就将上小学的孩子交给了托管中心，可到了晚上，总要有家长接啊。所以，娟子心里生气，刘镇长也是理解的。

这不，为了平息妻子心中的不满。他今天就在检查完各村防火情况回家的路上，还给娟子打电话嬉笑着说，今天咱家的公主就不劳皇后您的大驾了，朕亲自去接。娟子也笑着说，那我就谢主隆恩了。他们夫妻俩的对话，将司机小李逗乐了。

现在看来，替老婆接孩子是没戏了。他只好小心翼翼地打通了娟子的电话，可他不好意思张口说有事，就在电话里绕来绕去，不进入正题。

娟子急了，就问他，快到接孩子的时间了，你现在回来没有？

他只好说，我正在单位忙，还走不开。

娟子恼了，说，忙死你。接着，电话就被扣了。

小李看到他跟妻子谝着就没声了，插嘴道，嫂子发脾气了。

刘镇长苦笑着说，她就是那臭脾气，没事，以后给她解释。

俩人开着车，来到东南村，沿途的麦子都收了，隐隐约约看到那些影影绰绰的麦茬，似乎在向他们示威。

刘镇长看着令人讨厌的麦茬，自言自语地说，只要下一场雨，群众将地种上了，就没这么累了。

司机小李没有接他的话，他边开车边在寻找着冒火的地方。可

会飞的硬币

他们一路开来,都没有发现着火的地方。他们只好将车开到了村委会,看到驻村干部小王正在和几名村干部在会议室里喝茶闲聊。

他黑着脸,大踏步进去,冲着小王和几名村干部吼道,你们是怎么搞的,怎么能让着火?

几名村干部连忙让刘镇长坐,小王忙去给他倒茶。

一名村干部给他解释说,不是群众烧麦茬,不知是谁将路边的垃圾堆点着了,我们和一些及时赶来的群众已经将火扑灭了。

刘镇长庆幸不是群众烧麦茬,否则,他不知如何向县长交代。想到这里,可他忽然醒悟过来,那些垃圾点着了,跟麦茬一样,也会造成空气污染。他记得这段时间,在全镇检查的时候,沿途看到的那些零零散散的垃圾集中点,这也很危险。想到这里,他心里又感到沉重起来。

他顺手端起小王给他倒的热茶,喝了一口。他感觉喝下去的不是茶,是腾腾往上蹿的火苗。

(入选2014年三原县中国梦征文书籍)

大　哥

大哥因为被媒体曝光,遭到了单位解职,但他也得到了相应的补偿。大哥于心不忍,又将补偿费送到了女瓜贩家里,谁料想,大哥却时来运转,好事临门。

第三辑　爱海泛舟

　　大哥本来是一名仅仅具有初中文化程度的农民，可在年初的时候，姑父却为大哥在城里谋了一份城管的差事。

　　尽管是一名临时工，但每月能够按时拿到固定的工资，不用雨里来，风里去，出力流汗，大哥还是挺高兴的。特别是和大哥一样进城的同村年轻人比起来，他们都在工地上拼死拼活的干活，而大哥却不用干那么重的活，就能收获他们想不到的快乐，更有一种无法形容的优越感。

　　但好景不长，半年后的一天，大哥因为肚子有点不舒服，就请了病假，躺在宿舍里休息。可在晚上，城管局的张处长就将大哥叫到他的办公室里。

　　他问，你来咱们城管多长时间了？

　　大哥诚惶诚恐地说，半年多。

　　他又问，你觉得咱们单位对你怎么样？

　　听他问这个，大哥感动得就差跪下了。

　　大哥说，咱们单位将大哥跟其他同志一样看待，享受着同等的福利和待遇，大哥很感谢领导的关心和厚爱。

　　张处长听了大哥的话，振振有词地说，养兵千日，用兵一时，现在有件事要麻烦你。

　　大哥当时凭着一股热血，拍着胸膛说，张处长，有什么事，您直说吧。

　　张处长说，有名在编城管惹事了，媒体要来采访，希望你将一切承担起来。当然，单位会相应补偿你的。

　　想到单位领导对大哥这样好，大哥又有什么理由可以拒绝呢，

141

会飞的硬币

就毫不犹豫地答应了下来。

可后来大哥看了电视新闻，却气炸了。原来那位城管向一名女瓜贩索贿不成，就砸了人家的瓜摊，打伤了女瓜贩，结果被媒体曝光了。记者来单位采访，张处长振振有词地说，这名城管是一位临时工，我们即将辞退他，并报出了大哥的名字。

大哥看到这里，就打算去找张处长理论，却被姑父拉住了。

姑父说，你的头又不是榆木疙瘩，也不好好想想，人家就是借你的名字用用而已，却给你补偿两万多块钱，你不过仅仅受了点名誉损失，得到的却是实惠。孰轻孰重，难道你掂量不来？

说着，就用手指头往大哥的头上使劲戳。

大哥想到那厚厚的两万块钱，找张处长理论的心劲就再也没有了。

姑父又咬着大哥的耳朵说，张处长已经答应了，等外界舆论风平浪静之后，让你继续做城管。

听着姑父带来张处长的承诺，想想生活的现实，大哥只有听候别人的摆布了。

转眼间，就快到年底了。外界关于城管殴打瓜贩的消息已经没有了踪影，但张处长并没有兑现自己的承诺。可大哥心里却有一件事搁着，让大哥久久无法安宁。

于是，大哥就决定按照报纸上提供的地址，去找那位女瓜贩。

来到她家里，看到她家里真像新闻上说得那么可怜。于是，大哥就将单位补偿的那两万多块钱给了她，并向她说明了事情的真相。

她听了大哥的话，并没有说什么，而是用那双美丽的大眼睛盯着大哥不停地瞧，盯得大哥心里慌慌的，大哥就跑出了她家。

后来，大哥就经常去她家，帮她照顾瘫痪在床的父亲，帮她摆瓜摊。她也经常帮大哥洗衣服、做饭。慢慢地，大哥就和她有了一种说不清道不明的感情。最后，她成了大哥的老婆。

现在，尽管大哥没了工作，又回到了久违的村庄，可大哥却找到了一位知大哥、懂大哥、疼大哥的媳妇。

有天晚上，嫂子躺在大哥臂弯里，温柔地说，你觉得你现在过得怎么样？

大哥想了想，嘴里突然冒出了小时候课本上学过的一句古语，"塞翁失马，焉知非福"！

老婆惊异地问，什么翁，什么马，啥意思？

大哥故意逗老婆说，你就翁，大哥就是马。说着，哈哈大笑起来。

（发2014年《幽默讽刺精短小说》11期）

第四辑　人在江湖

　　什么是江湖？江湖是社会的江湖，江湖离不开社会，离开了社会江湖就没有可以赖以生存的平台。那么，怎样的社会有怎样的江湖？社会就是人类生存的共同体。社会的复杂性，也反映了人性的复杂性。人生活在这个社会里，难免和各类各样的人打交道。这个社会，就像武侠小说里的江湖一样，有阳光的场所，也有阴暗的角落。人要健康快乐的生活，就要多行走有阳光的地方，让自己的心多晒太阳，永远保持年轻。

盖　章

　　张贵生想在证明上盖个章，没想到竟然那么难，就在他束手无策时，门房老头给他耳语一番，使他恍然大悟，终于顺利地在证明上盖了章。

　　镇上分给了张家村一个贫困补助的名额。村主任为这个名额的分配发愁了。在其他村里，大家都争着抢着要贫困补助名额，可张

> 第四辑　人在江湖

家村是远近有名的富裕村。村人认为给他们贫苦补助，就是看不起自己，就是说自己日子过得不如人，他们以享受贫困补助为耻。

村主任想来想去，就想到了老实本分的张贵生。在张家村里，家家户户都基本盖起了小楼房，门口拴着面目狰狞的大狼狗，而张贵生家仍然住在几间青瓦房里。就给张贵生家吧，村长想着就去了张贵生家。

村主任来到张贵生家，笑眯眯的向他说明来意，将贫困补助单笑眯眯的给张贵生递了过去，张贵生像避瘟神一样躲着不接。

村主任就说，你就别看村里其他人的样了，死要面子，活受罪，毕竟你还要供两个孩子读大学，负担重，你还是拿着吧。

张贵生红着脸，轻轻的哀叹一声，说，好，那我就暂时拿了，以后是要还的。

村主任笑着说，这是补助，是不用还的。补助要到镇政府去领，不过，现在还需你到县里跑一趟盖个章。

张贵生听了村主任的话，第二天就跑到县民政局去盖章。

他来到民政局办公室，看到办公室里有三个人，一个跷着二郎腿在看报纸，两个人端着茶杯，正在促膝说笑。他不知道哪个是领导，就腼腆着脸来到看报人的跟前。将补助单和证明递了过去，讪讪地说自己要盖章。

看报的人将眼皮抬了一下，又回到了报纸上，嘴里说，领导不在。

说完，就没了下文，将让他一个人孤零零地站着。那两个人聊得正欢，时不时发出笑声，就是不理他。他觉得实在无聊，就走出了办公室。

会飞的硬币

过了几天,他又到县里去盖章,得到的答复仍是领导不在。他将具体情况说给村主任,村主任说,那你就直接去找局领导。

张贵生就来到了民政局,打听到领导的办公室。领导正好刚开会回来,他就跟着领导进了办公室,他向领导说明了自己的来意。

领导惊异地看着他,说,就这事?

他点着头,说,就这事。

领导挥挥手说,这么简单的事,你去找办公室解决一下。说完,头就埋进了文件堆。

张贵生退了出来,又去了办公室,办公室里的人仍不给他盖章,说没有领导签字,自己不能擅自作主张,随便盖章。

张贵生有点泄气了,就灰着心准备回去。他刚要出局大门,就被背后的人喊住了。他回过头来一看,是看门的老头。老头将他拉进了房子,说,你要盖章,去弄条好烟来,我给你摆平这件事。

张贵生听了老头的话,就到街道上买了条好烟,给了老头。老头将烟用报纸一卷,就拿着他的证明去了办公室。

不到几分钟,老头就高高兴兴的拿着盖好章的证明给了张贵生。张贵生激动的搓着手说,太感谢您了,不知道怎样谢您。

老头摆摆手,说,不用谢了,唉,现在社会,没办法,我也是农村来的,只不过做点自己该做的事情。

张贵生拿着盖好章的补助单回到家里,到了镇政府,他却傻眼了,因为离补助的时间已经过去好几天了。

(发表于 2010 年《幽默讽刺精短小说》第六期,入选 2014 年中国廉政小小说文集《对镜正衣冠》。)

抓　赌

王所长为了完成任务，带着一帮人冒着雨，摸黑去抓赌，没想到走错了地方，遇到了一个人，使他们一晚上的行动化为泡影。

王所长做了一个梦。

他梦见了罗局长，拍着桌子，咬牙切齿地说，如果到本月末，再完不成五万元的硬任务，就要摘掉他的乌纱帽。他唯唯诺诺，吓出一身冷汗。

就在这时，一阵电话铃声，将王所长从梦中惊醒。

王所长拿起电话，迷迷糊糊听到，有人举报，大坪村赌博的事情，他听到这里，一下子来了精神，脑子清醒了许多。

他朝电话里直嚷嚷，请你慢点，说具体点。顺手取了支笔，边听边记录着。

他放下电话，心中激动不已。

他所在的五里寨乡派出所，地处穷乡僻壤，所里办公经费本来就紧张，现在雪上加霜的是，每月还需要完成局里交给的创收任务。说实在，他的压力很大。现在，机会终于来了，只要能将

会飞的硬币

这伙赌徒一网打尽，不仅可以完成本月的上交任务，还可以改善大伙都生活，给大伙发点补助。在这个鬼地方，天天清茶淡饭，嘴里都淡出鸟了。

王所长看看表，十点多了，他急忙唤来李副所长，还有办公室主任。

他让李副所长布置警力，和他去抓赌。又让办公室主任到饭店，去准备一桌好菜。等大伙抓赌归来，好好庆祝一下，打打牙祭，开开荤。

下面的同志，听所长说，抓赌归来，有美味佳肴，个个激情高涨，摩拳擦掌。于是，趁着夜幕降临，总共六个人，开着车，就悄悄地向大坪村摸了过去。

晚上，万籁俱寂，偶尔，能听见村子里几声狗吠，划破漆黑的夜空。为了不打草惊蛇，他们将车停在村口，步行进了村子。这时，天公不作美，竟下起了大雨，路上泥泞不堪，他们深一脚，浅一脚，向前走着，每跨出一步，都显得很艰难地样子。

到了大坪村，全村的灯，都几乎沉睡了，唯有一家灯火通明。王所长从衣服里掏出笔记本，李副队长适时地将手电照了过来。大家都围了过来，和王所长看了好久。他们就在确信是这家之后，就展开了行动。

可这家大门紧关，院墙又高，加上天下大雨，墙很滑溜，人没办法进去。

于是，众干警就围着人家的院子，寻找着突破口。刘副所长最后发现北墙角比较矮，人可以进去。不过里面似乎能听到，猪发出的呼噜声，可见，这是人家的猪圈。为了能够人赃俱获，他们也顾不了这么多了。两名干警蹲下，刘副所长就踩着他们的肩，在其他干警的帮助下，翻了过去。

一会儿，刘副所长就从里面，给他们开了门。众干警在王所长的带领下，以迅雷不及掩耳之势，破门而入，冲进了正在打麻将的房子。

房子里三位老者，只顾瞅他们各自的牌，连他们理也不理。正上方坐着一个人，抬起了头，左手拿烟，右手拿一张牌，在空中玩弄着，冷冷地看着他们。

王所长看这个人，怎么这么面熟呢，他怎么长得那么像一个人呢？

正在疑惑间，那人看着他们一个个淋得湿漉漉的样子，满脚污泥。更惨的是刘副所长，整个人全身是泥浆，还带有猪大便的臭味。

那人笑了，说，王所长，你和刘所长唱得是哪门子戏呀？

这一声王所长，将众干警叫得魂飞魄散，都吓呆了，不知所措，因为坐在麻将桌前的，竟是他们罗局长。

王所长马上意识到坏了，急忙赔着笑，点着头，哈着腰，说，罗局长，不好意思，打扰了。你们继续，继续。

他迅速转过声，对他身后的干警瞪着眼，呵斥道，还不快走？

大家垂头丧气地往回走，出了村子，坐上车，王所长连连扇着自己嘴巴子，说，我怎么就这么糊涂呢？竟连罗局长的老家，咋都给忘了？

（此文发表于2010年《幽默讽刺精短小说》第11期）

小人之累

他在工作上换了好多岗位，都毫无建树，一事无成，他总结自己工作的得失，认为是自己遇到了小人，可真是如此吗？

他觉得自己一辈子堂堂正正做人，是一个正人君子。

他经常对人说的一句话就是，他之所以一事无成，是因为世间小人太多，影响了他做事。

二十多年前，他是一名中学教师。那时的他在同事和领导眼中，是一位形象好，气质佳，工作有能力、有魄力的好同志。

可五年过后，他慢慢变了。他开始变得小心谨慎起来，在任何人面前都打哈哈。他除了教学工作外，领导教给他一个新的任务，就是带刚进校门的年轻教师。他经常去给领导汇报年轻教师的成长情况，他汇报工作有个特点，总是放大年轻教师的失误，突出自己的成绩。一次两次这样，领导爱听。次数多了，领导有点生厌，就猜测他的汇报，有多少是真的，有多少是假的。他却看不到自己的问题，继续在年轻教师跟前摆自己的老资格，次数多了，年轻教师对他也有意见了。

后来，他竟将自己弄得在学校无立锥之地。他就想着，要跳出学校，另为自己开拓一片新天地。

三十年前，他终于寻找关系，进入了镇政府。镇领导看他人挺

第四辑　人在江湖

不错，就将他安排到了办公室。他在办公室里，以勤恳的工作，过硬的作风，赢得了同事的信任，领导的赞誉。

可在闲余时间，他喜欢在办公室里跟同事们摆龙门，讲学校的绯闻。谈到学校的事情，他就会说到曾经的领导和同事，那都是些什么人？他义愤填膺地说，一帮小人，都是一帮小人在搞教育。

正说着，领导来了，他很机智，也很有眼色，迅速转移话题，为领导鞍前马后地服务。他喜欢看官场小说，喜欢研究领导心理，他觉得自己将领导心理摸得很清楚。但他对新来的干部，仍然喜欢吆三喝四，仍然喜欢用自己能言善辩的口才打败对手，仍然喜欢去给领导汇报新来干部的工作动态。

眼看十年过去了，办公室里几位干部，包括新来的干部，该提拔的提拔了，该调动的调动了，可只有他原地不动。他有些出离愤怒，他就想挪挪窝，重新开始谋划自己的人生。

四十年前，他的愿望总算实现了，他以出色的文笔赢得一位县局一把手的赏识，将他调到了县局机关。他心情舒畅，要在这里开始大展宏图了。

可他还是保持了自己以往的做派，工作之余，喜欢谈镇政府的事情。他说，镇政府那啥单位呀，从上到下，都是小人，净是溜须拍马之辈。他说得滔滔不绝，可迎合他的寥寥无几。他仗着有局长做后盾，将主管他的主任也不放在眼里，经常对主任布置的工作说三道四，经常将主任批得一文不值。他经常去向局长汇报工作，并且顺便说说办公室主任和同事的失误，他又是如何英明地杜绝了这一切失误。

会飞的硬币

几年过去了，他万万没有料到，主任竟然变成了仅次于局长的副局长，比他还年轻的干部成了办公室主任。他心里想不通，可想不通也得想通，还要继续工作。但此时，他开始学会了怠工，只要领导分给他的工作，他总要拉一位新来的干部，跟他一起工作。按他的想法，无论干什么工作，都要找一个垫背的，才会万无一失。他经常为自己少做了一些工作，占了一点小便宜，耍了一点小聪明，洋洋得意。

谁想这位主管办公室工作的副局长却是眼睛里不揉沙子的领导，经常该批评他的时候，还是毫不留情地批评他。他有点接受不了，就想到后勤股去，后勤股是另外一位副局长主管的。

五十年前，他从办公室里调到了后勤股，他想耍小聪明。没想到管后勤的副局长也是一位责任心强的领导。制订了责任分工表，将他的工作责任砸得更实了。

眼看着，比他年轻的干部一个个都提拔了，他快要退休了，还是个一般干部。他心里极其不平衡，就经常在单位发些牢骚，说点领导的不是，说点同事的缺点，过过嘴瘾。

直到有一天，领导找他谈话，劝他内退，工资给他照发不误。此时，他已经将单位看透了。反正自己一把年纪了，还想要啥作为呢？就退休吧。

于是，五十多岁，他退休了，待在家里。闲着无事，他就开始反思自己五十多年来的生活，最后他得出了一个结论，不是他干不出事业来，而是小人多得使他无法干事业。

（发表于2012年《办公室故事》）

第四辑　人在江湖

门

生活中，有的时候，既是背后有大树，既是朝里有人，如果不低调，过于张扬的话，就像文中的这位，到了最后，连个门都进不去。

门前有两名公务人员，他们带着冷漠的表情，对进去的人都进行检查。一些人因为能拿出有效证件，就顺利地进了门；一些人因为拿不出有效证件，被公务人员拒之门外，只能望门而兴叹，望门而止步。

可是他没有，他抬头扫了一眼门上面的国徽，然后不屑地瞧了那两名公务人员一眼，露出轻蔑的笑容。现在，离考试还有三十多分钟，尽管他没带什么有效证件，可他不用这么着急。他要好好地在门前，看看热闹，然后再大摇大摆地走进考场。

于是，他就在大门前，点着了一根烟，美滋滋地吸完烟，将烟屁股向后扔了出去，一位胳膊上戴卫生监督员红袖章标志的老大妈向他走了过来。他转过身去，向那位老大妈笑了笑，然后就向大门走去。老大妈本来是要罚他款的，可紧走了几步，她看见了这座威严的门，止步了，摇了摇头，哀叹一声，捡起他扔的烟屁股，丢进了门前的垃圾箱。

这时，门前的人已经很少了。他无视那两个公务人员的存在。手插在风衣兜里，继续往前走。请出示您的有效证件，一个公务人员对他说，随着，一只手挡住了他的去路。他连看都不看那公务人员一眼，

会飞的硬币

从口袋里掏出一张便条，塞到公务人员手里，嬉笑着说，这个行吗？

这张便条是一位大人物为他开的有效证件，上面有大人物的亲笔签名，这比一般的有效证件含金量可高了。那个公务人员看了这张便条之后，严肃的脸上露出了微笑，对他说，嗯，您可以进去了。他听到这话，心里舒坦极了，他带着自得的笑容走进了大门。

来到考场后，离考试还有十几分钟。进来的人都是来自基层各单位的，他们都在谈论这次考试规范性、严肃性。有人就接话说，是啊，过去的考试，都是走走形式，那里像今年的考试，搞得这么严格，甚至没有有效证件，连大门都进不了。

他嗤地笑了一声，说，谁说非要有效证件不可，我就是没有证件进来的。旁边几个人笑着说，你真会吹牛，你看门外挡住了多少人？他说，可他们就没有挡我。有人说，我不信，要么你现在出去，再进来试试。他看他们不信自己，再看到离开考还有五六分钟，他就说，试就试，那有什么大不了的。

说着，他就走出了考场，后面跟着几个人，看着他又走出了大门。然后，他就转了身，又要进大门。请您出示有效证件，那个公务人员严肃地对他说。他在自己兜里摩挲了一下，没有了便条。他忽然笑了，他笑着对那个公务人员说，我是刚出来的，证明早已经给你们了，还要什么证件？只见那公务人员冷冰冰地说，对不起，没有有效证件，我们不能放你进去。

这时，监考的工作人员拿着试卷向考场走去，那几个跟他打赌的人，向他意味深长地笑了笑，都进了考场。他开始急了，可他无论怎样跟那两个公务人员解释，他们就是不放他进去。

第四辑　人在江湖

他气愤地说，你们等着，误了我考试，有你们好看的。说着，他就在大门旁边，拨通了那位大人物的电话，希望那位大人物能给他通融一下，让他进去考试。结果，那位大人物生气地说，你早干什么去了，操的什么心。现在，上边已经派人进了考场，我也无能为力了，你好自为之吧。

除了那位大人物的帮衬，他现在能有什么办法，他再看看那门，竟是那样的高大；门上的国徽，竟是那样的庄重；门边的两位公务人员，一身正气。他们似乎形成了一堵坚不可摧的堤防，挡住了他的去路。

他只好叹声气，正要混入门前的人流。后面传来一句话，小子，别急着走，我终于等到你了。他急转身，看到那位大妈正向他笑吟吟地疾步走来，胳膊上的红袖章亮得很刺眼。

（此文发表于2014年1月《检察文学》142期）

报　警

生活中，有许多悲伤的事，本来是可以避免的。可由于我们一些职能部门的失职，不作为，导致悲剧发生，正如文中的报警。

夏日的余热，还未散去，中心广场上熙熙攘攘，热闹非凡。许多小贩就在人与人的夹缝中，摆起了小摊，开始叫卖形色各异的工艺品。

八点半左右，两个女商贩发生了口角，吵起了架，吸引了许多人围观。

有个小学生拿了家长手机，远远离开是非之地，给110打了电话。

155

会飞的硬币

110阿姨吗？有两个女商贩在吵架。

嗯，知道了。小朋友真乖，谢谢。

……

十分钟过去了，两个女的开始厮打。作壁上观的人们，越来越多。

有个女士实在看不下去了，就转身在离去的时候，拿出了手机。

你好，110吗，有两个小商贩在打架。

请您说清具体地址。

在中心广场。

请留下您的姓名和联系方式。

不说这些行吗？

对不起，没有这些，我们就不能出警。

……

二十分钟后，两个女的厮打得累了，个个鼻青脸肿。互相瞅了对方一眼，鼻子哼了一下，同时拿出了手机。不一会儿，两个女的丈夫，各引着一帮人，手持铁棒、木棍之类凶器，对峙了起来。看热闹的人这时有些骚动，大多人都怕城门失火，殃及池鱼，都离开了。剩下的人，稀稀拉拉的，远远的，饶有兴趣地看着，似乎在欣赏国际大片。

里面有位老者还是拿出了手机，悄悄地拨通了110报警台。

你好，这里是110报警台。

你好，在中心广场发生了打群架事件。

请留下您的姓名和联系方式。

还要这些？

是啊，有了这些，我们才能出警。

第四辑 人在江湖

……

三十分钟后,双方在混战中,有人竟动了刀,扎进了对方的胸口。杀人了,人群中一阵惊呼。混战双方都愣住了,片刻过后,都丢下了凶器,作鸟兽散。

一名女商贩向死者扑了过去,抱着死者的身躯,号啕大哭,并不住地喊着弟弟。而另一个女商贩木然地站在旁边,拿起了手机,拨通了报警电话。

你好,这里是110报警台。

中心广场发生了杀人案。

请留下您的姓名和联系方式。

姓陈,……

三十五分钟后,随着警笛声由远及近。警察来了,看热闹的悄然散去了。

广场上,只有警察在不停地忙活着。

(发表于2010年《监察文学》第六期)

张成这个人

活着,不争不抢,即使死了,也不想多占任何一点好处。生活中真有这样的人么?也许你不信,可看了下面的文章,我是信了。

会飞的硬币

管你信不信，我还是想说说张成这个人。

2014年年初的时候，我被分派到大盘村下乡。下车伊始，我就组织村里党员开会。等了大约半个小时，才将村里几十名党员凑齐。

开会时，大家都往后坐，前排位置空了很多。我就喊他们往前走，许多人都坐前来了。可一位穿着皱皱巴巴衣服，看上去四十多岁，黑瘦的脸上长满胡须的人，坐在那儿一言不发，眼睛呆呆地望着窗外。

我看到他将我的话当作了耳边风，不免冲着他喊，哎，后面的那位同志，说你呢，听见没有？

他看都不看我一下，还在那里继续发愣。

我准备站起来，过去拉他。

村书记用胳膊碰了碰我，我理解村书记的意思，也就再没有理他，继续开会。

会开到半场，他又站了起来，跟我和村书记连个招呼都不打，就走了。

会开完后，我心中很不高兴。

我问村书记，这个人是谁，他还是党员么，有没有组织性和纪律性，说来就来，说走就走。

村书记说，他叫张成，是四组组长。

我说，他还是村组长呢，怎么一点党性都没有。

村书记眨眨眼，说，我带你去他家看看，你也就知道了。

第四辑　人在江湖

我们边走边谈，从村书记的口中，我得知张成身患不治之症，马上就要走到生命的尽头了。

沿着村子的羊肠小道，七转八拐，就到了张成的家。张成家还住在窑洞里，村书记说，张成家是现在村子里唯一住窑洞的。

门虚掩着，我们推门进去，院子里弥漫着浓浓的中药味，张成正在院子的树下熬药。原来，他早早退出会场，就是为了熬中药。

看着冷冷清清的院落，还有窑洞里影徒四壁的样子，我不禁为之动容。后来，我了解到，张成的儿子一家子在南方打工，张成一个人在家里生活着。这几年，为了治这不断恶化的病，家里也被折腾得差不多了。

走出张成家，我心里沉甸甸的。

后来，我经常到大盘村去，慢慢地了解了张成。七月的时候，正好单位给了我一个救济贫困党员的名额，我就想将这个名额给他。

可张成连连摆手说，我不要，我的生活还能凑合。现在，我们组还有一个老党员，他的生活急需要党组织照顾。

在他的一再坚持下，我只好将那个名额，给了他们组的那个老党员。

九月份，当我再一次来到大盘村时，张成已经离世了。我想去张成的墓前看看，就在张成儿子的引领下，我来到了张成的墓前。

张成的墓没有建在良田里，而是紧贴地崖，挖了一个洞，将棺材放了进去，张成的石碑就背靠地崖立在那儿。

我问张成的儿子，你父亲的墓，咋跟别人的墓不一样？

张成儿子哽咽着说，他的父亲临死时，留下来遗言，死后要将

会飞的硬币

他埋在山洞里，将洞口封死就行了。不让挖墓坑，也不让起坟堆，说这样他就不占村里一寸耕地，躺在地下，他心里踏实。

听了张成儿子的话，我环顾四周，看到那些良田里，零零散散的坟墓，再看看张成在地崖里给自己弄的墓穴，我似乎对张成的理解，更深了一层。

活着，他不争不抢，即使死了，他也不想多占一点好处。想着想着，我就有些感动。为张成点着了一根烟，恭敬地放在他的墓碑前。

（发2015年1月7日《陕西农村报》人生百味）

摄像头引起的烦恼

文中的主人公要给公司安装摄像头，可听了老乡罗一杨的故事，主人公想着自己的事，这摄像头，到底是装呢，还是不装？

那天，经理采纳了我的建议，让我给公司安装摄像头。我抱着新买的摄像头，兴冲冲地向公司方向走去。在街道的拐角处，碰到了罗一杨。

说实在话，看着他吊儿郎当样子，我真的不想理他。可想到他是我老乡，也曾经做过保安，甚至当过保安队长的份上，我觉得还是跟他谈谈，也许能从他嘴里，掏出一点做保安的经验。

想到这里，我就将装摄像头的纸盒子放在路边的台阶上，跟罗

第四辑 人在江湖

一杨坐在台阶上谝了起来。

他问我，现在混得怎么样？

我洋洋得意地说，现在已经是保安队副队长了，今年下半年，有可能升为正队长。

罗一杨看了看我，又用异样的目光，打量了一下面前装摄像头的纸盒子。

他说，你知道我为什么保安队长干不成了，又不得不离开保安队，关键就是坏在了摄像头上。

我像被蝎子蜇了一下，立刻蹦了起来，说，不可能吧，摄像头还会害人？

罗一杨苦着脸笑了笑，示意我坐下，他给我慢慢讲。下面的故事，就是听罗一杨所讲的。

十八岁时，罗一杨就进入一家公司做保安。由于他工作认真、负责、干练，又兼有农村人的淳厚、朴实，公司经理十分赏识他。五六年时间，他由一名小小的保安，被提拔为保安队副队长。后来，又从副队长成为大队长，手下管三十多号人。

有一年，因为市场的原因，公司产品出现了滞销现象，公司举步维艰，员工工资时有拖欠。尽管大家都有怨言，可害怕裁员，就敢怒不敢言。有人为了寻找心理平衡，每每下班时，就顺手牵羊，将公司的财物带走。既是公司出台纪律，三令五申，并让罗一杨他们保安队，加强保安巡逻力量，可仍无济于事，公司该丢的东西照样丢失。为此，经理大伤脑筋。

此时，罗一杨挺身而出，他为经理出了一个好主意。那就是在

会飞的硬币

公司的要害部位，都按上摄像头。当然，罗一杨出这个主意，也有自己的私心。那就是不再用那么辛苦的值班，只要打开摄像头，谁拿走了公司的东西，一清二楚。当经理听了罗一杨建议，大加赞赏，并立即付诸于实施。果然，在公司装了摄像头以后，偷盗之风一下子被刹住了。

经理很高兴，很慷慨地给罗一杨发了一笔奖金，并鼓励他要好好干，前途无量。

如果不是一件事的发生，罗一杨也许真的像经理说的那样，前途很光明。可那件事，就这样鬼使神差地发生了，最终，也砸了他的饭碗。

那是一个清晨，罗一杨躺在机房的小床上，跷着腿，嘴里哼着歌曲，但他的眼睛仍然盯着各个电脑显示的公司每个角落，就连他手下的小兵，工作认真不认真，他都看得很清晰。

他正为自己的创举得意时，就看到穿着一身红，满身珠光宝气的经理夫人飘进了公司大门，而且以极快的速度向罗一杨的机房走来。

罗一杨急忙跳下床，很有礼貌地将她迎进了机房。经理夫人满脸堆笑地说，小罗啊，我在家里怎么也找不到我的坤包，你给我帮忙找找，看我是不是将坤包拉在公司了？

罗一杨听了后，对经理夫人说，嫂子，你等着，我给你找，这是很简单事情。

说着，他就在电脑上操作起来。鼠标点击着公司各个要害位置的摄像图片，从星期一点到了星期五，里面有几张照片，显示经理夫人来过公司，可手里并没有坤包。就在他点得正起劲的时，经理夫人喊住了他，让他停。他停住了，定睛一看，他傻了，这张怎么不是经理夫人，而是一位长得很妖艳的女子，偎依在经理的怀里，俩人笑得很开心，正往公司里边走。

他急忙关了摄像图片，转过头，想给经理夫人解释，可后面早无经理夫人的踪影。

第二天，脸上粘了好几处创可贴的经理将罗一杨喊到办公室，指着自己的脸，冷冷地说，这都是你干的好事，你有没有政治头脑，连这么点事都处理不了，还能靠你做什么，你走吧。就这样，罗一杨结束了自己的保安生涯。

三根烟抽完，罗一杨讲完了自己的故事。就跳下台阶，对我说，作为老乡，我还是要奉劝你一句，安装那个东西，小心惹火烧身啊！说完，就拍拍屁股走人了。

可他的话，却让我出了一身冷汗。尽管经理反对我和她的女儿来往，但我们仍在私下偷偷约会。如果，安装了这摄像头，我还想要自己的饭碗么？可是，不将这摄像头带回公司，我又如何向经理复命？

看着装摄像头的箱子，我感觉这摄像头，就像一根鸡肋，弃之可惜，食之无味。

（发2014年《林中凤凰》杂志2014年第7期）

感谢信里的玄机

省扶贫办为龙崖村争取了20台电脑，但大多数电脑都被上级部门截留了，儿子为杨校长支招，写了一封信，使学校的电脑失而复得，这封信，到底有何玄机？

龙崖村是全县出了名的贫困村，也成了省扶贫办的主要扶助对象。

这不，省扶贫办为龙崖村小学，争取了20台电脑。当龙崖村小学杨校长，听到这个好消息之后，他心中无限激动。因为这将极大的促进龙崖小学教育的发展。

不过，要领取这20台电脑，有一个复杂的程序，就是要在村委会、镇政府、县教育局，逐个要开证明。尽管很麻烦，但杨校长仍然很喜悦。

于是，杨校长就来到了村委会，说明了来意。村主任十分高兴，说这是好事情。手里不停地玩弄着钢印，沉吟了半天说："你看，学校马上就能上网了。可是，村委会连一台机子都没有。你看，是不是……。"

没有等村主任说完，杨校长就知道，村主任的意思。杨校长不假思索地说："等到电脑回来了，就给村委会装五台电脑吧！"

村主任听了，脸上开满了花，很豪爽的在证明上盖了钢印。

杨校长走进镇长办公室时，镇长戴着眼镜，正在看一份材料。

第四辑 人在江湖

杨校长在镇长办公室里，一直干坐着。等到镇长看完材料，他才简单地说了一下办证明的事情。

镇长笑眯眯地问他："学校有多少人？"

杨校长就说："师生总共就二百多人。"

镇长说："这么少的人，就给了你们20台电脑，这不是资源浪费么？"

杨校长很快就听明白了镇长的话。他虽然心中有些不满，但还是答应了镇长，等电脑拉回来，他给镇政府五台电脑。

镇长听了，很高兴的在证明上盖了印。

杨校长来到县教育局，开证明的时候。教育局办公室里，一个胖胖的男子笑呵呵地对他说："你可知道，这20台电脑，我们哪个学校都可以给，最后给你们争取了过来，是很不容易的。"

杨校长看着胖男子，不停地说话，就是不见在证明上盖章。虽然他有些厌恶，但他仍强作欢笑。答应等到电脑回来，就给教育局五台电脑。胖男子听了很麻利地在证明上盖了章。

后来，电脑领了回来，学校仅仅安装了五台电脑。杨校长越看越不顺心，于是，他就给省城做记者的儿子打了电话，说了自己的烦恼。

儿子安慰他不要着急，他自有办法，让其他十五台电脑，顺利地吗， ，回到学校。果然，在给儿子打电话的第三天，所有被他许诺出去的电脑，都乖乖地回到了学校。

杨校长后来才知道，儿子以龙崖村小学的名义，写了一封给省扶贫办的信。感谢省扶贫办的五台电脑，改善了龙崖村小学的办学条件。结果，省扶贫办从感谢信里，读出了问题，一路追查下来，

会飞的硬币

所有被截留的电脑，不得不送了回来。

杨校长看着被送回来的电脑，脸上露出了欣慰的笑容。

（发表于2011年2月《三原文艺》，入选2014年中国廉政小小说文集《对镜正衣冠》。）

心　胸

刘科长想做一个心胸开阔的人，但想起单位的烦心事，他越想越生气，后来，他又想通了，终于迈过了自己这个坎。

刘科长想做一个心胸开阔的人，但现在做不成了。

因为有人说他心胸狭窄，爱斤斤计较，并将此话写进了领导干部作风评议表。更令他意想不到的是，说他的人竟是整天对单位任何人都和蔼可亲的老姜，这些话是后勤股小田告诉他的。

老姜原来跟刘科长在一个办公室里共事过，刘科长不想说老姜的坏话。就对小田说，老姜虽有缺点，可他也有很多闪光点。他的字写得非常漂亮，做事又十分细心。

小田哼了一声，嘀咕着说，你还不知道，他差点跟我们科室的小徐打了起来。

刘科长不解地问，为啥呢？

小田说，还能为啥，在科室里说人家小徐的坏话，被小徐听见了。小徐十分生气，认为自己有缺点，你可以提在当面，为啥要在背后嚼舌头，就要动手打他，幸亏被我们科室的其他同志拦住了。

刘科长心想，老姜这人咋是这样呢？走在什么地方，什么地方就别想安生了。

老姜初在办公室里的时候，刘科长和几个新人还是刚刚从其他单位借调过来的一般干部，工资以及人事关系都在原单位。原单位为了将自己的人拉回来，就拖着工资不发，逼着刘科长他们几个新人回去。

看到刘科长他们几个新人的艰难处境，老姜就表现得比领导还急，整天做刘科长他们几个新人的思想工作。动员他们说，你们还是赶快回去吧，待在这里有什么前途？你们再卖命，也是借调人员。不像我在单位里是正牌军，经济生活都有保障。

老姜动员刘科长几个新人回原单位的话，不知怎么传到领导耳朵里。领导批评了老姜，并协调原单位解决了刘科长他们几个新人的工资问题。

老姜变得很落寞，就不想到办公室里待了，就找单位一把手，将自己调到单位后勤股。

刘科长想，老姜肯定以为是他们几个新人告的密，所以就怀恨在心了。

就在刘科长想着这些时，小田接着说，我就是不理解，他都离开办公室了，为啥还要说你们办公室的坏话呢，何况他原来也在办公室呀。现在，你们办公室又跟我们后勤股又没有什么利益冲突，他为啥那么爱干那些损人不利己的事情呢？

刘科长理解，老姜是看到比他迟来单位的一些新人，由于辛勤的工作都提拔了，他感觉心里不平衡。

会飞的硬币

他对小田笑着说，他就是那样的人。

小田说，你不知道，还有一次，他在股室里说单位全用了一帮小人，正说着呢，领导进来了。

他不说了，领导黑着脸出去后，他又骂你们办公室的主管领导，又骂你刘科长了，又骂你们办公室里的人。

刘科长听到这里，眉头皱了皱，烦恼地摆摆手，说，算了，身正不怕影子斜，他爱说啥就让他说去吧。反正嘴长在他的身上，咱也管不着。

小田说，也就是。

晚上，刘科长躺在床上，怎么也睡不着觉。想到白天小田给他说的事情，他的心里就是不能平静下来，有点生气。自己现在跟他老姜一天连碰都碰不到几次面。既是碰到了，老姜都是笑眯眯的样子，却在人背后为什么总喜欢这样作践别人呢。

他想明天向领导反映此事，但又想到，老姜不是说自己心胸狭窄么，如果将老姜说的话给领导说了，这不是恰恰证明了自己心胸不行。还是算了，老姜爱说啥，就让他去说吧，自己还是干好工作最为要紧，相信单位领导同事的心里都会有一杆秤，人们的眼睛总是雪亮的。

想到这里，刘科长竟不知不觉睡着了。

（小小说《心胸》入选2013年《对号入座》一书）

第四辑　人在江湖

腰　杆

人，要挺起腰杆活着，不能活在别人的目光中。文中的主人公，却不是这样，活在别人的世界里，最后，给自己带来了悲哀。

参加工作的第一天，爹教导我说，华子啊，这做人呢，无论何时何地，都要腰杆挺直。

我听了爹的话，在单位里，无论是跟同事，还是见领导，我的腰杆都挺得很直很直，他们都称赞我，有军人的风范。

年末，我们单位在全县目标责任考核测评中，在全县排名倒一。作为负责单位考核工作的我，便陪我们局长去向主管我们单位的副县长检讨工作。平时，我们的局长腰挺得也很笔直。可这次，面对副县长的批评，他竟点头哈腰起来。同时，他向我使眼色，可我的腰仍然挺得很笔直，因为我记着父亲的话。

副县长看着我们局长的样子，心情好了许多。可看到我，眉头就皱了皱，在听完检讨之后，就将我们打发了出来。

走在路上，局长对我说，小李啊，在领导面前，可不能这样，该低头处要低头。就是领导说的不对，你也要做出心悦诚服的样子。像你今天的表现，绝不是一个在政治上比较成熟的干部。

听了局长的话，我马上表态，以后我会改正的。从此，再遇到领导，无论大小，我都弯起腰来。上至局长，下到同事，他们都说我成熟多了。

会飞的硬币

三年后，单位办公室主任退了，在局长的大力推荐下，我成了单位办公室主任。我每天点头哈腰得应付着局里的大大小小事务，一切做得行云流水，潇洒自如。只是回到家里，父亲看到我有意无意弯着腰的样子，他长长地叹口气，转门就走了。

十年后，局长也退休了，上级给我们调来一个很年轻的局长。此时的我，也升任副局长。

那天，我给局长汇报完工作，就在我要离开年轻局长办公室时，年轻局长对我说，老李啊，你作为咱们局的老同志，可要有新的精神面貌，有不同意见就说哈，不要见了我，表现的畏畏缩缩，点头哈腰，这个样子，我是看不惯的。听了年轻局长的话，我又点头哈腰的表示，我一定矫正自己的习惯。

在家里，我坚持对着镜子练习，让自己表现的腰杆笔直起来。在单位里，面对年轻局长，我经常暗暗告诫自己，腰杆要挺直，腰杆要挺直。经过半年的暗示练习，我点头哈腰的不良习惯终于矫正过来。

同事们对我的评价是，很有领导风范；年轻局长对我的评价是，很有精气神。回到家里，父亲看着腰杆笔直的我，眼睛里多了赞许的目光。

后来，在年轻局长的举荐下，上级组织部门提拔我到另一个单位任党政一把手。那年，我领导的单位在全县年度目标责任考核中，获得了全县第一的好成绩。在那次表彰大会上，我挺着笔直的腰杆，从县委书记手中拿过来奖牌。后来，过了一年多，我就被调任到一个很闲散的单位任职。最后，我从多方渠道打听到，我之所以被调任的原因，就是那次领奖时，腰杆挺得太直，县委书记认为我这个人，

第四辑　人在江湖

傲气十足，不适合在此岗位工作。

我很郁闷，觉得自己这个亏吃大了，原来在那个要害部门，要风有风，要雨有雨，可现在，却被人冷落起来。我不甘心，于是，又开始矫正自己的腰杆，见了领导，我的腰能弯多低就弯多低，让领导看到自己很低调。

可是，就在县上领导对我好评而来，眼看我要东山再起的时，我却住院了。

医生告诉我，我得了腰椎间盘突出症。

从此，我的腰再也直不起来，我成了罗锅。

（发表于2015年《小小说大世界》第12期，2015年10月《天下》杂志）

招　数

二狗想申请一块庄基地，村主任百般刁难，始终没有结果，幸好校长给他支招，村主任终于怕了，很快给二狗办了申请庄基的事情。

村子里除了二狗和几家贫困户住在破窑洞里以外，大多数人都搬到了新村里。二狗也想盖房，搬到新村里住，可是他没有庄基地，他就去向村主任要。

二狗来到村主任家，村主任正坐在屋前的椅子上，耷拉着眼皮，晒太阳。他就向村主任说了自己的来意。

会飞的硬币

村主任连眼皮都没有抬一下,说,你先写一个申请,我看看。说完,就闭上了眼,不说话了。

有了村主任的话,二狗十分高兴,就急忙跑到村小学,请小学校长为他草拟了一份申请,然后,他就趁夜晚又到了村主任家里。

村主任正在专心地看秦腔,嘴里还跟着哼哼。二狗就将申请表递了过去,村主任并没有接,眼睛仍看着电视,嘴里说了句,放那儿吧,接着又投入到了秦腔戏曲中。二狗感到很无趣,就将申请表放到了村主任身旁的茶几上,悻悻地离开了。

他一直等待着申请批复的消息,几个月过去了,仍没有下文。

有几次,他在村中碰到了村主任,他就问村长申请的消息。

村长打着哈哈,说,快了,快了。

一年过去了,村主任仍然是这句话。

有人点醒了二狗。

他于是又趁一个夜晚,提了几条好烟,几瓶好酒,去村主任家。这次,村主任很热情,他说像二狗这样的家庭,本来早就该得到村委会扶持和照顾,几句暖心窝的话,说得二狗眼花直冒。

过了段时间,他又请村主任吃饭,村主任吃完饭,用手抹了抹油嘴,抠了一下牙缝,打着饱嗝,说,你申请庄基地的事情,是木板上钉钉,砸实的事情,只是时间的问题,就耐着性子慢慢等吧。

一年过去了,村里有几家申请的庄基地下来了,却没有二狗家的。

二狗很苦闷,就去找了村小学校长。

校长说,我有个招数,保准让你不花一分一文得到庄基地。

二狗激动地说,要是事能成,我就给你磕头作揖了。

第四辑　人在江湖

校长说，如果事成了，只要你不把我出卖了，就行了。

说着，他就凑到二狗跟前，耳语一番。

二狗疑惑地说，这样能成？

校长说，保准能成。

过了几天后，二狗晚上又到了村主任家里。村主任看着他手里空空如也，淡淡地说，你来干啥？你以为批庄基地是那么容易的事情么？说下来就能下来？

二狗看着村主任，说，不，这次我不是为庄基地来的，你看看这个。

说着，就从身上掏出了一沓厚厚的材料，递给了村长。

村长惊异地接过材料，看着看着，他的脸就由红变绿，眼睛也睁得越来越大。接着，只见啪地一声响，他将材料在茶几上拍得山响。手指着二狗的鼻尖说，你这破落户，竟敢诬陷老子，老子怕谁，你现在就去告。

村主任的恼羞成怒，二狗已经早已考虑到了。所以，他就壮着胆说，好，只要有你这句话，我就去告，我不信，就告不倒你。

说着，就转身往外走。

正当他要跨出门，只听一声喊，你回来。

二狗转过身，发现村主任已经换了另一幅尊容。村主任和颜悦色地说，乡里乡亲，何必将事情弄大呢，不就是一块庄基地么，很简单的事，我明天就去给你办。

第二天，村主任果然很快从乡上回来了，手里拿着批下来的庄基地申请表。

不过，他从二狗手中要回了反映他的材料，他对二狗说，事情

会飞的硬币

到此为止，知道么？

二狗很乖巧地笑笑，说，我有了庄基地，什么事都高兴得忘了。

村主任说，这样最好，我也就放心了。

（发表于2010年《幽默讽刺精短小说》第10期）

考　验

贾局长临退休之际，手下有三位副局长，不知该推荐谁？为了考验三位下属，看谁最忠诚他，听了老婆的馊主意，发了一条短信，结果引火烧身。

贾局长就要退休了，组织上让他在局领导班子内，推荐一名当局长的合适人选。

贾局长拿起笔，看着桌上的推荐表，心里想着局里的三位副局长，举棋不定，不知道该写上谁？

按说应该推荐王副局长，想起几十年，自己从一名股长一步步干到如今的局长，王副局长跟着他，鞍前马后，风里来，雨里去，忠心耿耿、言听计从，从无二心。此人对于自己来说，没有功劳也有苦劳。应该在自己快有退休的时候，拉他一把，让他坐上局里第一把交椅。王局长想到这里，就准备在推荐表上签上王副局长的名字。

忽然，李副局长的名字，在他脑子里一闪，他的手抖动了一下，暗暗地庆幸自己没有急着写上王副局长的名字。自己应该考虑考虑

第四辑　人在江湖

李副局长了。想想这些年，孩子出国留学、丈母娘身患重病治疗、老家装修房子等等，哪一样不是李副局长帮的忙，出钱又出力。人家对于自己，从来没有要求过什么。吃人的嘴短，拿人的手软。现在，是自己应该报恩的时候了。

就在他寻思着写李副局长的时候，他又想起了张副局长。张副局长年纪轻轻，之所以很快就能空降到局里当副局长，还不是在组织部有一个当部长的姐夫。他清楚地记得，有几次，自己差点就在阴沟里翻了船，幸亏张副局长暗中相助，才使自己顺利过了难关。就在前几天，部长代表组织和他谈完话，临出门时，部长很有意味地看了看他，还拍了拍他的肩头。他在想，部长这是不是在暗示，要自己将张副局长推荐上去。

眼看下班了，贾局长还拿不定主意，到底应该写上哪一位副局长？

后来，他索性将推荐表装进了公文包，带着回家了。

在家里，老婆看着他心事重重的样子，关心地问他，怎么了？

贾局长就将推荐表拿出来给老婆看，并说了自己目前的困惑。

老婆看了看推荐表，想了想说，既然你拿不定注意，那不妨考验一下他们，谁对你忠实，你就推荐谁。

贾局长眼睛一亮，说如何考验他们？

老婆看了一眼贾局长，顺手拿过贾局长的手机说，看我的吧，后面你就等着看好戏吧。

老婆很快编了一条短信，分别给三位局长发了过去。

然后让贾局长看，贾局长不屑一顾，摆摆手说，不看，不看，

175

会飞的硬币

你以为你一条短信就能搞定这件事吗？

说完，继续在心里琢磨着这件事情。

过了好久，一阵急促的敲门声，打破了贾局长的思绪。老婆眉开眼笑地对贾局长说，看，灵验了吧，你的忠实信徒来了。

贾局长起身拉开门，他惊呆了。

门口站着并不是他的三位副局长，而是四名纪检人员。其中一名严肃地对他说，你们局的王副局长、张副局长已经自首，李副局长已经自杀，你现在已被双规，请跟我们走吧。"

贾局长脸色铁青地向老婆吼道，你到底发的是啥短信？

老婆苍白着脸，战战兢兢地说，我……我……不是故意的。

原来，贾局长的老婆给三位副局长发的短信是："我出事了，快来救我。"

（发表于2013年《监察文学》第四期）

抉　择

王成虽是一个临时工，可他很爱惜自己的职位。现在，他却需要在名誉和金钱之间，选一个，王成到底会选哪一个呢？

尽管王成是个临时工，但他很珍惜自己的职业。最起码，他不再像他的父辈，整天在地里辛苦的劳作；也不再像他的同伴，天天

第四辑　人在江湖

跟砖头石子水泥打交道。而且，每次回家，听到村子里人对他的惊羡和夸奖，他总有一种说不出的优越感。

这种来自职业的荣耀，持续了两年多，很快就被一件事摧毁了。

事情发生的那天，本该王成出勤，但王成病了，他躺在宿舍里休息。

当天，王成的队友们值勤回来，都把那件事没放在心上，因为维持城市秩序是他们的职责。

然而，事情发生两天后，有人将他的队友执法的视频传到了网上。视频录得很模糊，根本看不清队友的面孔，隐隐约约只能看见一名摊贩骑着三轮车在前面跑，他的一名队友在后面追。这名摊贩慌慌张张地横闯马路，被一辆车撞翻了。然后，视频里就是这名摊贩血流满面的样子。

这个视频给局里工作造成了很大的被动，媒体社会舆论都批判城管队的做法，太过火、太野蛮。

局长对城管队的做法，也十分恼火，他将城管大队的所有成员，包括王成，都狠狠地批了一顿。

接着，局长指着城管队队长的鼻子说，你现在下去，就将那个跑在最前面的人给我挖出来，我非砸他的饭碗不可，其他人都写一份检查，好好反思一下。

从会议室出来，王成暗暗地想，幸亏自己那天没有上班，不然，自己可能就不是仅仅写一份检查的事了。

刚回到宿舍，就有队友喊他，说队长叫他。

王成来到队长办公室，队长满脸堆笑，很热情地拉着他的手，

会飞的硬币

让他坐在椅子上，又是给他发烟，又是给他倒茶。

接着，队长沉思良久之后，深深地吸了口烟，说，今天这个事，只有你能帮忙了。

王成满脸狐疑地问，我咋帮忙？

队长愣愣地看着王成说，你把这个事担起来，就说是你干的。

王成说，可是那天我没上班啊。

队长挥挥手说，我知道你没上班。但你也要想想，那么多农村年轻人都想进咱们单位，都没有进来，而你却进来了。何况这几年，咱们单位对你也不薄，你现在应该好好想想，该为咱们单位做些什么。

王成心里很难受，他沉默不语。

队长看着王成的样子，话顿了顿说，我知道你想什么。你不用担心，咱们单位不会亏待你的。说着，拉开抽屉，从里面取出厚厚的两沓钱，说，这是两万块钱，就算是对你的补偿吧。你先回家，暂时避避风头。等过了这阵风，我再给局长说，让你进来。

王成听了队长的话，看了看桌上的钱，他心里就不禁动了一下。

他表情的瞬间变化，丝毫没有逃过队长的眼睛。队长站了起来，将钱塞到王成的手里，说，好了，就这样吧。

队长将王成送出了门，拍着王成的肩膀说，你放心，如果明年你进不来，直接来找我。

王成回到宿舍，心里感到很委屈，可摸着那两沓厚实的人民币，他又觉得很实在。何况，队长又向他做了保证，自己以后还可以回到队里。

想到这里，王成就进入了梦乡。王成梦见许多新闻媒体采访局长，

第四辑　人在江湖

局长对媒体侃侃而谈，说那件事是单位的临时工干的，我们对他已经辞退了。现在，我们正在对城管队进行整顿教育。接着，许多媒体记者就跑了过来，镜头对着王成，让王成说说自己为什么会那么做？王成百口难辩，不知自己该说些什么。这时，摊贩的家属挥着拳头冲了进来，要打王成，王成吓出了一身冷汗，从梦中惊醒了过来。

天已经微微发亮，王成想到刚做的梦，又在想拿着这些钱，回家后怎么面对自己亲人？他觉得自己都不能原谅自己，何况别人，思前想后，他就做出了一个勇敢的决定。

他来到队长办公室门前，使劲敲了敲门。

队长打开房门，没有看到任何人，却发现脚下放着一身洗得很干净的制服，制服上面是那两沓红得刺眼的人民币。

（发表于《柳色》2013年35期）

检　讨

王一冰开始不想写检讨，但面对校长的压力，他不得不写检讨了。后来，校长调走了，他不用写检讨了，可此时的他，却极渴望写一份检讨，这是为什么呢？

在初三年级会上，校长点名批评了王一冰，并要求他写一份检讨，深刻反思自己的行为。

会飞的硬币

王一冰差点就跟校长顶上了，但最后，他还是忍住了，将自己的不满和牢骚，全部装进了肚子里。

走出会议室，教导主任张老师拍着王一冰的肩膀，悄悄地说，忍一时，风平浪静，退一步，海阔天空。检讨书，你还是写了吧。不写，估计过不了关。

王一冰点了点头，张主任叹了口气，就远去了。

回到办公室，王一冰拿出笔，取了一沓信纸，提笔准备写。可越想越觉得委屈，他觉得自己是让学生在外边买教辅资料了，可是他并没有从里面赚钱。而且，他选的这本教辅资料，还是给教导主任汇报了的。现在，校长竟然这样作难他。说白了，他还不是想让学生多练一些题，希望在全县统一考试中，取得好成绩，为学校争光。何况，面对全县教育系统的考试评比压力，学校哪个老师哪个学生不用教辅资料的，仅仅使用教材，哪能取得好成绩的。真是想让马儿跑，还不给马儿吃草，这是什么世道？

他越想越生气，就将笔摔在桌子上，看着空白的信纸生闷气。

这时，同头课李老师进来了。他看着王一冰的样子，笑着坐到了王一冰跟前。

他咬着王一冰的耳朵，悄悄地说，你是刚进学校的，还摸不清给学生推荐教辅资料里面的门道。我就帮帮你吧，你看咱们学校初三年级哪个老师，还让学生买学校对面书店的教辅资料，都买的是学校隔壁书店的教辅资料。

王一冰吃惊地问，这是为啥？

李老师神秘地说，据听说，学校隔壁的那家书店，是校长的朋

第四辑　人在江湖

友开的。

王一冰说，给学生推荐教辅资料，要看教材的质量。只凭关系给学生胡乱推荐教材，这样能提高学生成绩？

李老师说，你真是不开窍，虽然教辅资料不一样，但题型都差不多。而且，你让学生买了隔壁书店的教辅资料，人家每本给你还有提成。初三年级那么多老师都给学生推荐教辅资料，都没事，就你偏偏挨批了，是什么原因，你好好想想，就明白了。

王一冰说，真没想到，给学生推荐一本好的教辅资料，还有这么多门道。

李老师拍拍王一冰的肩膀说，我不打扰你了，你好好写检讨，看下一步咋办？

说着，就走了。看着李老师的背影，王一冰在想，难道我也要让学生买隔壁的教辅资料？其实，前几天，他在校门口，两家书店的教辅资料都一一看过了，就因为他觉得对门书店的这本教辅资料好，才给学生推荐的。现在，如果再在课堂上，给学生重新推荐的话，学生怎么看他？这不是明显的出尔反尔么？

想到这里，王一冰觉得自己不能对不起自己的良心，他暗暗下定决心，坚决不写检讨书，不换教辅资料，摆出一副愣头青的样子，看你领导还能咋样？

好在校长还没有来得及给王一冰找茬，自己倒惹上了麻烦。不知谁将学校初三年级大多教师给学生推荐教辅资料，从中提成的事捅了出去，记者、教育督查室、县纪委三路人马纷至沓来，开始彻查此事。

会飞的硬币

真相大白后,校长被教育局调离了。据说,校长还被记大过,并向教育局领导写了检讨书。

原来的教导主任张老师被提拔为校长了。他要求那些给学生推荐教辅资料,谋取私利的初三教师,都必须交一份检讨书,并保证以后绝不发生类似的事情。初三年级许多老师都写检讨书了,唯独王一冰没有被要求写。回到办公室,年级组其他老师有说有笑,可他们谁也不搭理王一冰,他切身体会到被孤立的滋味。

此时的王一冰,真的好想好想写一份检讨书。

(发表于2014年《辽河》第七期)

劝 税

她恨他,因为他的认真,使她的丈夫伶仃入狱。现在,看到她的公司做大做强了,他又来劝她交税,这税,她会交吗?

她知道他是来讨税的,她皱了皱眉,对助理说,你告诉他,说我不在。

不是她不想交税,只是她太恨他了,竟然不顾同学之情,将她的丈夫投进了监狱。

她还清楚地记得,她和丈夫去参加希望小学的奠基仪式,当他们和社会名流正在频频举杯之时,他带着警察进来,以偷税逃税的缘由，要将她的丈夫押走。

她面对着他，竭斯底里地喊着，这不可能。

他将她拉到一边，低声对她说，请你冷静，待后我向你慢慢解释。

说完，无视她的存在，手轻轻一挥，她丈夫就被人架着出了门。

戴着手铐的丈夫临走时，回头向看了她一眼，她看到丈夫脸色苍白、精神萎靡的样子，她相信这是真的。

她去监狱，问丈夫到底是怎么回事？

没想到丈夫怨恨地看着她，说，这都是你害的，你不是对我钱管的死么？你不是让那个女的任公司财务会计么？你不是指示你的税官同学不停地查我的账么？哈哈，你不会想到吧，你最信任的人被我拉下了水，还跟我……。

丈夫狂笑着离去了，她望着丈夫的背影，骂了一句无耻。她想号啕大哭，她突然想到了公司，就急忙赶回去，可已经晚了，曾对她言听计从的女财务早已逃之夭夭，而她的公司现在只剩下了一个空壳。

她一度想放弃经营公司，可想到在国外读书的儿女，她不能就此罢手。于是，她四处求爷爷告奶奶，终于找来了运转资金，将公司从死亡线上拉了回来。一段时间，她忙于打理公司，几乎都将他忘记了。没想到，现在他又打上门来了。

她觉得他太不给面子了，既是丈夫偷税漏税，他也应该先给她透个风声，让她有个思想准备，毕竟他们同学一场。何况曾经一度，她对他的工作是极力支持的。可他不仅没有预先告诉她，还在众目睽睽之下，将她的丈夫抓走。这等于在众人面前，给了她一个耳光，

会飞的硬币

她能不恼恨他么？

就在她心里翻江倒海时，他竟然直接闯了进来。

她冷冷地打量了一眼他，心里想，我就是不交税，看你把我怎么样？

他直接坐了下来，点了根烟，深深吸了口，说，作为老同学，我在那件事上确实对不起你。可是作为一名税官，我并没有做错什么。

她白了他一眼，看了看表，说，过去的事情就让过去吧。我还有一个会。

他笑着说，我只耽误你几分钟，请让我把话说完。

她理了理额前的头发说，你说吧。

他说，企业向国家交税的大道理，你是明白的，我也不再啰嗦。我这次来，不仅仅是让你交税，还给你带来了免税申请。根据你公司的现状，你先交完欠税，然后可以申请免税的，而且你的丈夫尽早会放出来的。

她决决地说，要人有，要钱没有。

他将烟头的火在烟灰缸里弄死，说，有些话我本来不想说，到了现在，我不得不说。就凭你公司偷税逃税这一条，已经在社会上丧失了信誉，你怎么能借来钱？是我暗中给你担保，才使你渡过了难关。当时，我的想法就是想扶你一把，让你重新站起来，将公司做大做强。不信，你看这几份担保书。

说着，他递过来几份担保书。

她接过资料，看到担保书上的那几家公司，正是自己借钱的企业，而担保方都写着他的名字。难怪，她借钱的时候，那几家老板总是有意无意地提起他的名字。

原来他为她的公司起死回生立下了汗马功劳,她却为区区的一点税款跟他计较。

想到这里,她很内疚,也很感动,不由得站了起来,和他的手紧紧握在了一起。

(发表于2012年全国首届税收小小说大赛作品选)

老 李

老李是学校的锅炉工,他做事特认真,得罪了许多教职员工。在他离开几天后,大家却都想他了,这是怎么回事?

老李是学校的锅炉工。

老李的职业是烧水,可他的性格却很倔。校内有一些同事,常提着水桶来接热水。他就经常将那些同事拦在门外,黑着脸,不让人家进去。

他说,锅炉里热水有限,就那么大的容量。都像你那样用桶提水,还让其他人喝不喝?

有同事听了,很不好意思,就回去了。

也有个别同事,趁他不注意,又悄悄提着桶,来打热水。老李看到那同事已经接上水了。很恼火,他就从那同事手里抢过塑料桶,

会飞的硬币

扔到了水房外，从此以后，再也没有人敢提着桶打水了，但他却得罪了不少同事。

老李除了烧水，还爱管一些闲事。一天早晨，正值升国旗，一名女同事的家属，骑着摩托车，要出门，被他拦住了。那位女同事过来搭话，希望他放过一马。毕竟，这事不归他管，可他就是不让人家走。那位女同事很生气，就和他大吵大闹，但他就是不放行，直到升国旗仪式完毕，他才松了口，让人家过去。

事后，领导将他和那位女同事都批评了。可他还是坚持说，自己没有错，是那位女同事没有管好自己的家属，怎么能在升国旗的时候，任由摩托车乱蹿呢。

他还要说什么，领导皱皱眉，不耐烦地挥挥手，让他出去了。

他并没有吸取教训，仍是我行我素。老李每晚三点多就要起床，开始烧水。他经常给锅炉加了煤之后，睡不着，就爱在校园里转悠。

有一次晚上，当他走到教师宿舍前时，却发现两个陌生的身影，在一个教师的门前正捣鼓着什么。他悄悄地靠近，才发现是两个小偷，当时已经弄坏了摩托车的锁子，正要推着车走。

他大喝一声，贼吓了一跳。当看见是一个干瘦老头时，贼就扔下摩托车，手举铁钳，恶狠狠地扑了过来。老李脚底麻利，转头边跑边喊，教师宿舍的灯都亮了，有男教师已经冲出了房子。贼看大事不妙，便逃之夭夭。

后来，他又被校长请到了办公室，校长阴着脸说，一辆摩托丢了就丢了，万一你让贼打伤了，可怎么办呢？

其实。老李心里明白，校长害怕有个万一，在心疼钱。

于是，他嘿嘿地憨笑着说，没事，我命硬着哩。

他没有将领导的话，放在心里。平时晚上，仍爱在校园里转悠。

然而，事很不凑巧。一年过后，新来了一个领导。在一些教师的唆使怂恿下，认为老李年龄大了，除了烧水，爱管闲事，事多；又爱转悠，碍眼。于是，领导就借口将老李辞退了。

新来了一个锅炉工，月薪八百，据说是领导的亲戚，只管烧水，什么心也不操。有时，师生经常提不到热水成了司空见惯的事情，学校还曾接连丢了几辆摩托车。

这时，有同事就想起了老李，说，要是老李在，就好了。可是老李在哪儿呢，他还肯回来吗？

（发表于2011年《三原文艺》第四期。）

第五辑　故事新编

　　"故事里的事，说是就是，不是也是。"正如歌词里说的，故事是编的，是虚构的，但讲的道理一点都不假。一滴水珠可以折射出七彩阳光，一个故事，可以反映出大千世界，芸芸众生。这里的故事，很精彩；这里的故事，很曲折；这里的故事，让人感慨万千。只有耐心阅读，就会从这些故事中，有所感悟，有所启发。

盐　泪

　　苏轼被流放到海南，没有带侍妾王朝云，并因为一件小事打了她，赶她走。为啥要赶王朝云走呢？原来另有隐情。

　　我叫王朝云，是北宋的一名弱女子，曾经在梦里爱上了你。却没有想到，后来，我真的就成了你的夫人。

　　你叫苏轼，北宋文坛的领军人物。可在政坛上却总是成熟不起来。你因政见不同，总是被贬来贬去。但无论如何，你总是乐观的。

你对我曾经说，要和我不离不弃。我相信你说的是真心话。

在你60岁那年，你被贬往儋州。

在儋州，我们生活得很快乐。但好景不长，朝廷使者就来了，带来三条禁令：不得食官粮、不得住官舍、不得签公事。我们生活随之陷入困顿，甚至连吃的盐都要受管制。吃着无盐的饭菜，你的脾气越来越怪，动不动就发脾气。可我不怪你，因为我知道你心里很苦。

有一天，因我不慎，将墨水滴在了你的画纸上，你竟然动手打了我。你让人我送我走，我忍着心里的痛渡过了琼州海峡。

在海峡的那一头，我天天看着来来往往的船帆，希望有你的消息。

终于，等来了朝廷的敕令，我们可以团聚了。

你踏上了归程，带来的却是疲惫和病容。

你将我叫到病床前，紧紧拉住我的手，说，你知道我对你发脾气的原因吗？

我眼泪汪汪地看着你，听你艰难地说，为了盐。

我对你说，你知道我为啥情愿离开你吗？

你睁开眼睛，惊奇地看着我。

我说，我选择离开你，是为了让你生活的轻松一些。

你的笑瞬间凝固了，你就这样无声无息地走了。

看着你饱经沧桑的脸孔，我的泪水从脸上流下来，我感觉咸咸的，似乎流下的尽是盐泪。

（发表于2012年第一届全国盐茶杯闪小说作品选，荣获闪小说二等奖）

新 闻

在某岛国晚报上，登载了一个消息，说一农户家里的母猪生了八个猪崽，都长着婴儿的模样，的确如此吗，且看下文。

某岛国晚报奇谈怪事栏目，发了一条图片新闻，说在本岛内发生了一件奇事。一家农户家里的母猪生了八个猪崽，都长着婴儿的模样。在文字的旁边并附了一张照片，一头大母猪侧躺在地上，八个婴儿趴在母猪的肚子边吃着奶。

这条新闻发布之后，全岛许多好事者蜂拥而至，去看这头母猪和它的八个孩子。在农户的引导下，他们看到了那头母猪一边在哼哼，一边在来回走动，但他们并没有看到母猪生产的八个孩子。他们就问农户，农户告诉他们，当前晚上，母猪生的那八个孩子都死了，被他早已扔到大海里了。好事者听到这里，一个个是乘兴而来，败兴而归。

这条新闻产生的轰动效应，随着时间的一天天过去，也被人们慢慢地遗忘了。可有一位专家针对母猪生婴儿的新闻，撰写了一篇长文，从遗传学以及基因变异的角度，洋洋洒洒几千字，长谈阔论地论述了母猪生婴儿的可能性，一下子又唤起了人们对母猪生婴儿的记忆。一份份信件像雪片似地寄到了晚报编辑部，一个个电话打爆了晚报值班室电话，所有信件和电话，都是岛国民众参与讨论母

第五辑　故事新编

猪能不能生婴儿的。有支持专家论断的，也有反对的，各执己见，争论不休。编辑部看到人们对猪生婴儿这么感兴趣，就在晚报上开辟了专栏，专门讨论到底母猪能不能生婴儿的问题。本岛国晚报顷刻脱销，供不应求，报社不得不加印，满足人们的一时之需。

关于母猪能不能生婴儿的讨论持续了一个多月之后，又有专家站了出来，在岛国晚报上发表长文，对母猪生婴儿的新闻，进行了批评。他说，猪怎么能生婴儿呢？如果猪能生的话，牛也能生，马也能生，人类岂不是乱了套，简直是胡说八道。他建议那些关心母猪生婴儿的人，要用用脑子，好好想一想，要透过新闻看本质。他说，这是一张讽刺社会不道德现象的照片。事情应该是这样的，有八个孩子被未婚先孕的母亲遗弃了，被农户捡回家里。农户很穷，无法喂养他们，只好让他们吃母猪的奶，这一场景被记者抓拍到了，这应该是最合理的解释。

这位专家的分析，似乎是对那些母猪痴迷于母猪能不能生婴儿的人的当头棒喝，人们瞬间清醒了过来，是啊，猪怎么会生人呢？专家说的对，要通过新闻看本质。于是，有岛国民众批评遗弃婴儿的不道德现象，也有岛国民众指责这位农户的，怎么能让婴儿吃猪的奶呢？有的岛国民众甚至建议司法介入，调查这件事情的真相。晚报闻风而动，开辟专栏，又以遗弃婴儿为主题，展开大讨论，每天的晚报又被抢购一空。

关于遗弃婴儿的讨论大概持续了一个多月，有少数岛国民众在晚报不起眼的一角，发现一个本报郑重道歉启事，我报于某月某日奇闻趣事栏目刊登的母猪生婴儿一事，严重失实，特向广大读者和岛国民众道歉。可许多岛国民众压根儿就对这个启事不屑一顾，他们关注更多的是遗弃婴儿的事情。

在岛国晚报报社里,社长请来了责编和相关记者及专家,很高兴地对他们说,母猪生婴儿的新闻,你们编得好,下一步,你们准备策划一个什么样的奇闻趣事,能不能透透风?

(发表于2014年《柳色》34期)

侠

他姓聂,是一位侠客。因为一次路见不平,拔刀相助而声名鹊起。后来,他为朝廷重用,再后来,他却为名声所害。

安洲双河镇,地处三省交界,周围有三山环绕,唯有一处通向外界。

由于这里山高林密,聚集了许多强人,过路商贾,沿途百姓,无不深受其害。百姓叫苦连天,当地州府也曾多次派兵围剿,都以失败而告终。

忽一日,有商队在镖师的保护下,十分谨慎的,从山路上缓缓经过。一路上,唯有猿嚣鸟鸣,泉水淙淙之声,而并无一盗匪之踪影。但镖师们仍不敢放松警惕,缓缓地行走。行止五六公里处,却发现了一副惊心动魄的场面。

只见沿路横七竖八的,躺着山匪的尸体。商队里的人,看着这

第五辑　故事新编

样的打斗场景，各个吓得面如土色，瑟瑟发抖。有几个胆大的镖师，仗着手中的武器，翻看着那些尸体。其中里面就有山匪头子霸三山，被人削掉了脑袋。而霸三山，就是官府赏银五十万两，所通缉的要犯之一。镖师们经过细心观察，才发现，这些山匪，包括霸三山，都是为同一武器所伤。由此可见，是一人所为。他们再往前走，就看见了路上的血迹，沿着血迹，他们走了大约七八里路，发现地上有一伤者，生命危在旦夕，奄奄一息。

镖师们将这位伤者，送到了车上。然后，商队快速前行，一路再无盗匪，平安到达双河镇。经过治疗，伤者获救。

后来，众人才知道，就是他跟踪了山贼三天三夜，最后才消灭了这帮土匪，自己也身负重伤。大家也知道了，他姓聂。双河镇里的人们都称他为英雄。

他除暴安良的故事，后为当地知府所知。知府将聂大侠的事迹，以最快的速度，报告给了皇帝。皇帝给他赐义侠金匾一副，又赏金万两。他将皇帝的赏赐，全部散发给了周围的穷苦老百姓。

双河镇的人们，为聂大侠载歌载舞，庆祝了整整七天。聂大侠也没有故负众人的期望，继续为双河镇周围的老百姓做着好事。

皇帝老了，太子继位。西北地区干旱无雨，农民田地颗粒无收，而地方官员和朝中大臣相互勾结，横征暴敛，激起了西北农民起义。朝廷派出大军去镇压，被起义军打得落花流水，起义的星火，形成了燎原之势。有朝中老臣推荐聂大侠，皇帝于是十二道金牌，传唤聂大侠入朝，加封大将军，率军去对付农民起义。

聂大大侠跪奏皇帝说："要他带兵，希望朝廷答应他一个条件。"

会飞的硬币

皇帝急问:"什么条件?"

聂大侠说:"要对付流寇,请允许我私自招兵买马。"

朝中大臣一片哗然,有的说他另有目的,有的直摇头,说万万不可,本朝没有私自招兵的先例。

皇帝犹豫了片刻说:"你说说不要朝廷军队的原因,如果说的有道理,就准奏。"

聂大侠说:"我朝经历了君王盛世,军队久无战事,操练废弛,正规军不堪一击。只有重新召集兵勇,才可以消灭流寇,重振朝纲。"

朝廷大臣们听了,都微微的点头,皇帝也允许他重新招募新兵。

聂大侠就带着皇帝的圣旨,进入云贵地区,召集善于打猎、爬山,而又勇猛的山民入伍。他又派人在蒙古草原上,买了许多战马。很快组建了一支军队,他就带领这支军队,采取一手安抚,一手大肆镇压的手段,历时五年,平息了农民起义,人们在私下里称他为"聂屠侠"。

他又一次受到了朝廷的赏赐。在回家的途中,他遇见了道路上面黄肌瘦的老百姓,就唤手下人将车中的金钱,散发给那些百姓。谁知这些百姓,对他的东西连看也不看一眼。有的拿了钱后,在上面唾一口,扬手扔在了尘埃中。手下随从,就要趁势拔出腰刀,被他呵斥住了。

回到双河镇,街道的商铺看到他的人马来了,家家关了门户。街道的行人,一个个看见他,像躲瘟疫一样,匆匆地逃离了。街道上,空荡荡的,他再也没有感受到像上次一样,百姓夹道欢迎热烈场面,他的情绪坏到了极点。

就在第二天,有人发现聂大侠死了。一柄利剑穿身而过,在墙上有他留下的血字,成也双河镇,败也双河镇。

(发表于 2011 年 5 月《金山》月刊)

宝 琴

宋元不听家人劝阻,在自己当家后,拿出家里的宝琴,在公众场合炫技,结果因为宝琴,惹来一场横祸,使他感觉自己有愧于列祖列宗。

雍州池阳人宋元家里藏有一把宝琴,据说到宋元这一辈,已经流传了四百多年。

宋元小时经常在父亲卧室里,看到父亲焚香净手之后,打开琴匣,将宝琴擦了又擦,但却从未弹过。

他曾问父亲,既然是宝琴,为何不弹奏一曲?

父亲严肃地说,祖宗之法,不可违背。

父亲还给他讲了宝琴的来历。相传东汉末年,大文学家蔡邕去参加朋友的酒宴,路经一所失火的房屋,听到木头燃烧发出十分悦耳的爆裂声。他认为这是一块制琴的好木料,就从烈火中将木头抢救了出来,匆匆返回家,制成了一把琴,名曰焦尾琴。这把琴与周朝的号钟、绕梁以及汉代的绿绮,被后人美誉为四大名琴。直到蔡

会飞的硬币

邕因为得罪当朝权臣王允，知道自己不久将获大刑，就将此琴送给自己的好友，也就是宋元的祖先。

听了父亲的话，宋元知道了宝琴的来历，想着宝琴弹奏出来的美妙音律，他就心驰神往，想亲自弹奏一曲。可碍于祖制，他只能望琴兴叹。

直到二十多年过去，父亲在临终之时，一再叮嘱宋元，祖宗之言万万不可相违，宋元也向父亲做出承诺，要好好保护好此琴。可等到宋元成为一家之主后，他还是禁不住宝琴的诱惑，经常将宝琴拿出来弹奏，怡然自乐。

他不仅独自欣赏，还在会友宴饮尽兴之时，总要拿出宝琴，焚香净手之后，伸出纤纤玉手，轻轻拂过琴弦，宝琴就会发出如清和圆润、古淡疏脱、美妙绝伦的声音，将宴会推向高潮。

此后，雍州城内名流之士，都知道宋元有一把宝琴。因宝琴的缘故，宋元在雍州城也成为一名响当当的知名人士。雍州城内大小人物，只要有宴请，都要请宋元去弹奏一曲，当作是莫大的荣幸。

宋元每每赴宴归来，抚摸着宝琴感叹，还是自己将宝琴的用途发挥到了极致。他暗笑祖宗迂腐，将一把宝琴锁在匣内，不见日光，岂不可惜？

雍州刺史也喜好弹琴作赋，他曾耳听目睹过宝琴的风采。尽管他收藏了千把古琴，可与焦尾琴比较起来，都黯然失色。

他心想，自己作为一州之长，怎能没有一把镇衙之宝？于是，他派人带重金来到宋元家。

宋元听了来人之意，断然拒绝，说，祖宗遗留之物，我怎能变卖。

第五辑　故事新编

刺史听了下人汇报之后，连声哀叹，此生不能拥有宝琴，活着有何意义？

这时，师爷在刺史身边耳语一番，刺史凛然变色说，此事万万不可做，这岂不是陷我于不仁不义之地。

师爷听了刺史之话，讪讪而退。

且说一年过后，雍州城内有大户人家给子娶亲，请宋元去助兴。那夜，宋元一曲醉倒了众嘉宾。主人强留宋元，宋元只好让下人抱琴而归，自己留了下来。

可第二天宋元一觉醒来，天已大亮，发现自己竟躺在新房的床上，身旁放着一把带血的刀，而新郎和新娘却惨遭杀害，陈尸在地。

他还没明白是怎么回事，早有人破门而入，将他五花大绑，押至州衙。

刺史升堂，要他如实招供杀人经过。

宋元一口咬定，自己没有杀人，完全是遭人陷害。

师爷手一摆，衙役带来了人证、物证。

刺史大怒，人证物证俱在，还敢抵赖，大刑伺候。

宋元被打得奄奄一息，接着被扔进了死牢。

过了几日，师爷来牢房探望宋元。

师爷对宋元说，刺史大人念你是读书之人，不想加害于你。只要献出宝琴，等风声过后，大人就可想办法救你出去。

师爷唤人拿来纸和笔，让宋元签写字据。

宋元死死盯着师爷，无动于衷。

师爷狞笑着说，我知道你不怕死，可你要好好想想，纵然你死了，

会飞的硬币

琴就能保住吗？你的家人就能保住吗？

宋元一阵心痛，最后还是签了字。

师爷拿着字据走的时候，笑着说，你放心，刺史大人他绝不会亏待你的。

果然，宋元没有被判死刑，判了十年徒刑。后来，不断改判，两年多，宋元就出了狱。

出狱的宋元没有回家，离开了雍州，只给家人留下一封书信，让子女好好做人，不要想念他，他已经无脸回家，更无面目再见列祖列宗于地下。

（发表于2014年《幽默讽刺精短小说》第3期）

鼓 殇

杜秋娘因为才艺，因为一次腰鼓表演，拉开了自己跌宕起伏的人生，最终，也因为腰鼓的破碎，结束了她传奇的一生。

南京城中的叛军作乱，没有一丝预兆，就突然发生了。离家时，我什么也没带，只带了那面曾经改变过自己命运的腰鼓。

尽管玄武湖畔的寒风撕扯着我单薄的衣裳，但我一点也不后悔，与自己所钟爱的腰鼓在一起，使我心中感到很温暖。

你骑着红棕色的烈马，旋风般地来到了我面前。

第五辑　故事新编

你笑着说，新节度使大人很欣赏我的才艺，要让我和你同行。

看着你陌生的面孔，我还敢信你吗？

我断然说，城中有多少百姓，死在了这伙乱军的屠刀之下，我庆幸活了下来，怎么能为这些人表演？

你想靠近我，我以死要挟。

你最后冷冷地说，恐怕到时由不得你。

说完，就消失在远方的苍茫之中。

我拿起腰鼓，使劲敲了一下，那清脆悦耳的声音似乎将我带回了二十多年前。

十五岁那年，镇海节度使李锜用重金将我从妓院赎出来时，娘拉着我的手，流着泪说，孩子，你别忌恨娘，娘平时对你苛刻，逼着你学这学那，一方面，是为了报复你那薄情寡义的爹；一方面，也是为了你好，将来能够摆脱这水深火热之地。

望着娘痛哭流涕的样子，我对娘说，我不怪你，我懂你的心。

临走时，娘拿出一面腰鼓。腰鼓线条柔和，纹饰奔放，通体黑釉蓝白色釉斑相互衬托，如云霞缥缈，似水墨浑融，十分漂亮。

娘说，这是鲁山窑花瓷腰鼓，权当作为娘送给你的念想。

你在旁嫉妒地说，带着也没用，我的命注定是悲惨的。

我倔强地说，等着瞧吧，我就不信命。

带着娘送腰鼓，我来到了李府。在美女如云的李府，我虽是一名很平凡的歌舞伎，但我时刻想着出人头地。在闲暇里，我专心研究歌词乐赋，练习腰鼓。

终于有一天，当我边跳舞，边敲着腰鼓，唱着"劝君莫惜金缕衣，

199

劝君惜取少年时；花开堪折直须折，莫待无花空折枝"时，李大人眼睛一亮，不仅给了我丰厚的赏赐，还将我纳为他的侍妾。

这年，我将娘接出了那个地方。而你仍在那里厮混，我对你说，这就是你的命。

你冷冷地说，走着瞧。

我说，走着瞧。

唐德宗驾崩，顺宗即位不久，又将皇位让给了唐宪宗。李大人便密谋反叛，我多次劝谏未果。后来，他发动兵变，被朝廷很快镇压，自己也身死乱军之中。

你又来了，以嘲笑的口吻对我说，怎么样？还是信命吧。

我说，不，我要向命运挑战。

你嘎嘎地冷笑着，如乌鸦般走了。

我被作为李大人的家眷，没籍为奴，收入宫中。一次偶尔的机会，当我在皇宫的花苑中，再一次敲响了腰鼓，唱着自己的创作的《金缕衣》时，一个头戴黄冠，身穿蟒袍的青年男子从假山侧面转了出来，拍着手，大叫唱得好。

后来，我知道他就是当今皇上。

皇上高兴地拉着我的手，步入宫中。我被封为秋妃，与他朝夕相处。令我最感动的是，有位大臣要为他选美，他对大臣说，我有一秋妃足矣。他的话，让我感动得热泪盈眶。

不知何时，你投靠了宦官王守澄。

你跪在我的脚下，让我原谅你对我的不恭。

我说，作为儿时的玩伴，我不会怪你的。

第五辑　故事新编

你走了，我仍继续着和宪宗的爱情故事。

元和十五年，宪宗突然不明不白地死了。

宫中的那帮宦官，将废立皇帝当作儿戏。看着混乱的朝政，你在我面前，大骂王守澄，向我表忠心。

我相信了你，就让你以腰鼓为信，向宰相宋申锡传话，计划除掉宦官头领王守澄。

可到了后来，我们的秘密不知怎么泄露了。腰鼓被送回来了，却不见了你的踪影，我被削籍为民，回到了南京。

在家里，我经常敲击着腰鼓，自娱自乐。有时，会想到你，就打听你的下落，却一直没有你的踪迹。

没想到，你竟参加了叛军。

一阵马蹄声打乱了我的思绪，我知道你领着人来了。

我将腰鼓抛向了玄武湖冰面，随着一声脆响，腰鼓碎了。

你愣了片刻，飞速下马，紧紧抱着我，问我这是何苦？

我笑了，说，你什么也得不到，因为在毁腰鼓之前，我吞下了金戒指，这次我又赢了。

你号啕大哭，回去不敢对节度使说出实情，谎报称，杜秋娘冻死在了玄武湖畔。

（发表于2013年4月《小小说家》，荣获鲁花瓷全国征文三等奖）

吕不韦之死

君让臣死，臣不得不死。吕不韦为秦统一六国，做出了积极贡献。可面对秦始皇的步步紧逼，他终于选择了死。可他的死，让秦始皇更为恼怒。

你知道，在这个世界上出来混，迟早一切都是要还的。

这是在你做了秦国相国，大权独揽之后，慢慢明白的道理。

你记得那个明媚的午后，在皇宫的花园里，秦王和皇后领着小嬴政，在草坪上玩耍。小嬴政灿烂的笑声，稚嫩地童音叫着父王和母后的声音。你心中充满了苦涩与无奈，只能远远地看着。如果，不是为了实现的自己的政治抱负。也许，那小孩，就该叫你爹爹。那皇后，就该叫你夫君。如今，他们都在你眼前，可他们离你却是那么遥远。

你还记得，秦王临死的时候，紧紧地拉着你手，说，嬴政年龄还小，一切还要你多担待。寡人不负君，请君勿负寡人。

你当时被秦王托孤感动得热泪盈眶，你差点脱口说出，这个就放心，小嬴政也是我的孩子。但你最终还是没有说出这样大逆不道的话。

你曾经为之不惜重金让其登上国王宝座的秦王死了，你的儿子，嬴政成了秦王。虽然他跟你是君臣关系，可你每天能够看着自己的儿子，你已经心满意足了。

第五辑　故事新编

你每天教秦王读书写字，教他治理国家，并且夜以继日地帮他处理朝政。太后也就是你原来妻子，看到你这样辛苦，就对嬴政说，以后改称相国你为仲父吧。

于是，你为了仲父这个名号，你工作更加热情，更加卖力。你派兵攻取了周、赵、卫的土地，立三川、太原、东郡，使秦国的土地面积进一步扩大；你组织门客编写了《吕氏春秋》，成为治国之政治纲领；你大力发展农业生产，使秦国经济实力更加强大。而你所做这一切，都是一个目的，为了使自己的孩子将来更好的管理这个国家，能够站在你的肩膀上，飞得更远。

当你把所有的爱，倾注在嬴政的身上时，一个女人在默默地等待着你，她希望跟你重续前缘。可你看着嬴政一天天长大，你退缩了，畏惧了。你将嫪毐推到了她面前，让嫪毐去慰藉那颗孤独寂寞的心。

你一次带着嬴政去射猎，一只老梅花鹿带着小梅花进入嬴政的视野。你想阻拦嬴政，可嬴政却连发两箭，射死了两只鹿，你的心为之一颤。晚上，有门客向你建议，让你趁嬴政羽毛未丰，立即行动，处之而后快。可你却断然拒绝。

嫪毐集团准备叛乱的消息，你作为相国，是最早得到了消息。你本来完全可以派人去剿灭他们，可你没有这样做。而是派人将消息告诉了嬴政，你要看看长大的嬴政，如何收拾局面。如果，嬴政处理不了这次反叛事件，你将亲自出场。

对于你的做法，有门客提出了质疑。他们说，你这样做，是逐渐将自己推向了危险的边缘。

可你却哈哈大笑说，只要嬴政能够顺利平叛，死又何惧哉？

果然，嬴政很快就镇压了嫪毒集团的叛乱。你为嬴政的强硬和果断叫好。

形势对你是越来越不利，有门客建议你到自己的封地起兵自保；有的建议你赶快逃亡别国；有的建议你向秦王公布你们的父子之情。对于这些建议，你都默然处之。你要以静制动，你要看看长大的嬴政，如何收拾残局，如何处理你跟他的关系？如何治理这个国家？

很快，你被免去了相国之职，你回到了封地，接着，你又被命令前往蜀地。你看着秦王的手段是如此的老辣，你的眼中，似乎看到了秦王扫六合，一统天下的未来。于是，感到很欣慰。你也知道，下一步自己的结局，于是，你微笑着端起准备好的鸩酒，一饮而尽。

据说，秦王得到你饮鸩而亡的消息之后，十分震怒，你竟然死在了他赐死的命令之前。

（发于2014年6月9日陕西网咸阳频道文化艺术栏目）

王垕之死

曹操借王垕项上的人头，振奋了士气，攻下了寿春。可正史却没有记载他俩的关系，原因何在，原来都是曹丕的意思。

寿春久攻未下，曹操闷闷不乐，经常请从小一起玩大的王垕在

第五辑　故事新编

军帐中饮酒。

对饮间，曹操说，还记得吧，我们小时候，一块上私塾。有次，你没有背过课文，害怕老夫子打你，就逃课了，老师问你，还是我替你做的掩护。

说着，曹操哈哈大笑起来。不过，曹操说的这件事情，到底有没有，王垕却没有一点印象。但王垕没有说自己忘了，只是接着曹操的话说，是啊，现在想起来，好像就是昨天发生的事情。

说着，王垕端起酒杯，就敬曹操喝了一杯酒。

曹操放下酒杯，感叹地说，时间过得真快。想起你我逛街遛狗，寻花问柳的那些时日，你经常遭受父亲的惩罚，被关进了柴房，不给吃，不给喝，还是我偷偷给你送的饭。

王垕想借着酒劲，也想捡曹操过去的糗事，说出两三件来。可想到曹操现在处于一人之下，万人之上，位极人臣。他们虽然是兄弟，可毕竟是上下级的关系，曹操的那些事情怎么能提。想来想去，还是将要说的话，硬咽了下去。只是顺着曹操的话说，是啊，那时，我们经常做一些很轻狂的事情。

曹操说，来，来，为我们失去的青春再干一杯。

喝了酒，曹操又说，我起兵后，多次劝你参军，建功立业，可是你就是不听。还记不记得，有好几次，你被匪徒追杀，都是我正好领军赶到，才让你幸免于难。

有这样的事么，王垕在心中一件好像都记不起，可为了能让曹操高兴，王垕还是很违心地点头说，是啊，是丞相您救了我。

曹操摆摆手，说，我们是兄弟，往事就不提了，喝酒，喝酒。

会飞的硬币

接着,曹操咬着王垕的耳朵,神秘地说,你知道我这次攻打袁术,为何亲自请你来军中做仓官么?

王垕摇了摇头。

曹操压低了声音,对王垕说,行兵打仗,粮草是最关键最关键的。就因为咱们是哥们,我才请你来军中。虽然我没有给你很大的官,让你在任峻的手下,做了小小的仓官。任峻这个人,做事很认真,但我还是有点不放心。所以,你这个仓官,官职虽小,但你肩上的担子可不小。你们后勤军备上,有什么重要的事情,一定要随时向我汇报。回去之后,我就升你的官。

听了曹操的话想想自己等到回到许昌,就能升官,再也不用看任峻的脸色行事了,而且能够衣锦还乡,王垕心中一阵激动,就端起杯酒,说,曹丞相对我的大恩大德,卑职没齿难忘,我再敬丞相一杯。

曹操放下空酒杯,沉吟了半晌后,说,还记得上次咱们喝酒的事情吧。在喝酒期间,你给我的建议,每顿饭向军队用小斛发粮。现在,军队中传言咱们粮食不济,军心不稳。

这件事,王垕清楚地记得,当时是曹操给他出的点子。呵呵,现在怎么又算到了自己的头上。

可为了不得罪曹操,他还是假装糊涂,没有接曹操的话。

曹操看王垕没有反应,就接着说,目前咱们的军队的形势很不妙,真的很难啊。

王垕慷慨地说,丞相有什么难事,需要我做什么,卑职赴汤蹈火在所不辞。

曹操叹了口气,盯着王垕,说,我想借你一样东西?

206

王垕说，我们是兄弟，借什么都行，你直说。

曹操说，我想借兄弟项上的人头用用，不过老弟请放心，这次我绝不会亏待你，你的全家老小，我都会悉心照料，你就放心地走吧。

王垕知道曹操是一个说一不二的人，既然曹操想借自己的人头，那不借也得借，好在曹操顾及兄弟之情，还安排好自己的身后事。因此，他就凄然地说，我死不足惜，可我的死真有那么大价值？

曹操又是一声长叹，说，这也是没有办法的办法。

说完，他就用长袖抹抹眼角的泪，挥挥手，王垕就被两名校尉拖出去斩首了。

王垕之死使曹军士气大振，很快就攻下了寿春，大军凯旋。

后来，史官记载，魏武帝率大军征讨袁术，攻寿春，久攻未下，杀仓官王垕以稳军心，一举而克寿春，灭袁术。曹丕看了之后，皱皱眉，对史官说，仓官王垕的事情还是不提为好。从此，仓官王垕之死不见正史记载。

（发于2014年4月《清风》杂志）

不再伤痛

曹操为董祀和蔡文姬主婚的那天晚上，董祀喝得酩酊大醉，躺在床上大喊心好痛，可他哪里知道，蔡文姬的心，要比他还痛。

会飞的硬币

曹操为他们主婚的那天晚上，董祀喝得酩酊大醉。

董祀躺在床上，大喊，我的心好痛。

蔡文姬知道，他心里不好受，他根本不爱她。他才高八斗，一表人才，风流倜傥，自视甚高。但他迫于曹操的权威，不得不接娶她为妻。

其实，董祀哪里知道，她的痛，她的心也在流血。

想当初，蔡文姬被嫁给河东世家才华横溢的卫仲道，她和卫仲道相亲相爱。可没想到，几年后，卫仲道竟然英年早逝。她遭到了卫家人的围攻，说她克死了丈夫。她不顾父亲的反对，依然回到了长安的家。

在家里，她每天沉浸在父亲的书房里，如鱼得水，忘记了曾经的痛。可惜，好景不长，父亲因接受董卓的伪官职，被司徒王允关在监狱里，秘密的处死。她带着心中的痛，和家人被逐出了京师，回到了老家。

在老家，父亲去世的伤痛还未弥合，匈奴的铁骑就长驱直入，中原大地遭受匈奴的蹂躏。她和许多家乡的女人一样，被匈奴掳掠到草原，年龄大的，都被派去做苦役，长得稍有姿色的，都被进献给匈奴的王爷和将军，而她被他们送给了左贤王。她知道匈奴人的野蛮，她决定瞅准时机，一死了之。

没想到，左贤王并不是她所想象的那样，他对她是以礼相待，百般温柔。每天陪着她，要么在草原上驰骋，要么在蒙古包吹箫作赋。他们就这样，随着时间的推移，相亲相爱了，他们又有了两个孩子。

十二年后的一天，曹操的使者来了，说奉丞相之命，带她回到

第五辑　故事新编

中原去。

她真的渴望回到家乡去，可是，草原上，有疼她的左贤王，还有她的骨肉，她怎么能轻易抛弃他们。当时，她的心里好比刀割一样疼痛。

左贤王也不愿意让她回去，可使者又说，如果不放人，曹操的数万将士将踏平匈奴。在大兵压境的形势下，他只好妥协，忍痛割爱，让她回来。

她回到了中原，回到了家乡，看到的是满目疮痍，残垣断壁。她想，她的心应该是痛的。可是奇怪，历经这么多分分合合，这么多变故，她的心竟然不痛了。

她坐在董祀的床前，给他说这些的时候，董祀竟然呼呼睡着了。

就这样，他们有夫妻之名，而未夫妻之实。她每天精神恍惚，想着自己曾经的夫君，想着自己的孩子；而董祀整天无论在官府衙门，还是在家里，都是喝酒，喝酒，以酒麻醉自己的神经，以酒来表达自己的不满。

有好几次，他们去拜见曹操。

曹操问蔡文姬，董校尉待你若何？

她的心好似蜂蜇了一样，猛地痛了一下。

她看了看董祀，看到他额头上渗出了晶莹的小水珠。

她就对曹操说，董祀对我很好。

曹操哈哈大笑着说，那就好，那就好。只要你们夫妻二人感情好，我的心就放下了，这也算是我报答老师的栽培之恩吧。

她对曹操说了谎，给董祀打了掩护，可董祀并不领情。他依然

会飞的硬币

我行我素，对她冷漠处之。她也懒得理她，她记着一句话，要让谁灭亡，先让其疯狂。

董祀真的疯狂了，他的情绪从家里，逐渐蔓延到官衙里。他认为像他这样有才的人，才当个小小的屯田校尉，官太小了。于是，他就懒于管事，导致官衙里的马匹被盗去上千匹，按照有关刑律，他将被处以玩忽职守罪当斩。

他被押上刑场的消息，传到她的耳朵里，她想，她会没有感觉的。可是，她想到了父亲蔡邕、夫君卫仲道，他们都是文人；董祀，也是文人；而她，又最喜欢的是文人。想着想着，她的心忽然又痛了一下。

她顾不上梳头，来不及穿鞋子，赤脚跑到丞相府，向曹操求情。

曹操看到蔡文姬蓬头跣足，他又想到了恩师，动了恻隐之心。一道命令，董祀就被从刑场上放了下来。

这次，董祀真的被感化了。他温情脉脉地对她说，文姬，我以后决不让你再心痛了。

看着他的样子，不知道为什么，她又想起了曾经的许许多多。她相信，这是最后一次，她的心以后真的不痛了。

（发表于2015年《四川文学》第9期，被2015年《微型小说选刊第十一期转载》）

酒 变

井边少佐好喝酒，每次喝醉了就骂人打人，伪军中队长李麻子就没少挨他的打骂。他万万没有想到，这次李麻子拉酒回来，也是他报仇的时候。

井边少佐好喝酒，喝醉了就骂人打人，伪军中队长李麻子就没少挨他的打骂。

这天，井边又派李麻子去姜氏酒庄拉酒。到了酒庄后，李麻子说：让你们大掌柜出来。

酒庄伙计说：大掌柜不在。

李麻子一听，小眼一瞪，从腰间拔出枪，顶着伙计的头说：快去找你们掌柜，否则要你小命。

伙计没有找来大掌柜，却找来了大掌柜的兄弟。

他身穿一袭灰色长袍，脚蹬黑色方口布鞋，手拿折扇，迈步走了进来。他将折扇一合，大大方方地作揖道：李队长好，我是大掌柜的兄弟姜益民。

李麻子走到姜益民面前，上上下下地打量着他。李麻子经常来拉酒，从未见过大掌柜的兄弟。

伙计过来解释：我们大掌柜的兄弟一直在省城教书，这是初次回家。

李麻子思虑半晌，然后点点头，说：既然你是二掌柜，皇军现

会飞的硬币

在需要一百坛白酒，你赶快准备。

姜益民微微一笑，说：李队长，酒是有的，不急。我与队长初次见面，想好好款待一下队长，略表心意。

李麻子听到有吃的喝的，连声答应。

菜是八凉四热，酒当然是姜家老酒。

酒从中午一直持续到下午黄昏，喝得差不多了，李麻子开始和姜益民称兄道弟。

姜益民看到李麻子右脸上有块新伤疤，问：哥，你脸上的伤是怎么回事？

李麻子喝完一杯酒，说：井边那个混蛋打的。给日本人干事，真窝囊。

姜益民说：你觉得活得憋屈，为何不离开。

李麻子说，现在是日本人的天下，离开了日本人，又能去哪里？

姜益民微微一笑，说：跟着日本人混，迟早是要吃亏的。

李麻子哀叹一声，说：吃亏就吃点皮肉之苦，只要能保全一家之平安，就不错了。不说了，不说了，越说越让人闹心，喝酒，喝酒。

后来，姜益民对当前局势的分析，让李麻子警觉起来，他问：你不会是八路吧？

姜益民笑着反问：你看我像八路军吗？不过，如若你哪天想见见八路军，我倒是愿意全力引荐。

李麻子立即告辞，领着自己的弟兄，赶回来县城。

当天夜里，县城火光冲天，枪炮声、喊叫声响成一片，连同井边少佐，日军近百人被连窝端了。是夜，李麻子拉着部队出了城，进了山，走上了抗日的道路。

关于李麻子起事的原因。一说是姜家庄园大掌柜的兄弟姜益民是地下党，当天夜里，随李麻子化妆潜入县城，说服李麻子率队投诚；一说是李麻子回到家里，看到他的父母都被绑着，醉酒的井边少佐在家里欺负他妹妹，麻子拿刀捅死了井边，联络了姜益民。

到底哪一种说法正确？人们莫衷一是，不过，李麻子后来战死沙场却是大家都知道的。

（发 2015 年 7 月 17 日《洛阳晚报》三彩风版）

水

他为了拯救伤员嘎子，冒着枪林弹雨，去阵地外找水，谁能又想到，就是这壶水，让他悔恨终生，战争的残酷性，在这里尽显得淋漓尽致。

水……水……伤员嘎子躺在他的怀里，发出轻微的低语声。他拿起身边的水壶，放在嘎子的嘴边，却没有倒出一滴水。

连长扯着嗓子喊，谁还有水？快点，拿过来。可在战壕里，除了偶尔传来零星的枪炮声，战壕里一片寂静，无人应答。

没多久，班长跑了过来，说，连长，没水了，一滴水都没有了。

这时，日军又发起了新一轮的冲锋。他们再也顾不上伤病员了，重新拿起了枪，回到了各自坚守的位置。顷刻间，密集的子

会飞的硬币

弹射向敌人的胸膛；雨点般的手榴弹，在敌群中开花。日军被他们打得落花流水，毫无招架之力，只好扔下了无数尸体，狼狈地退到了山下。

这已经是他们第十次打退日军的进攻了。他们连这次的任务就是牵制日军，掩护主力转移。只要坚持到黄昏，他们连的任务就算大功告成了。

水……水……他又一次听到伤员嘎子的声音。

班长，我去为嘎子找水。他转过头，对趴在自己身边的班长说。

混球，啥时候了，还找水，我命令你，继续坚守阵地。

日军一发炮弹在他们身边炸响，掀起了几米高的黄土。班长抖落头上的土，发现他已经不见了。

班长知道他去为嘎子找水了，班长就忙去向连长报告。连长十分气愤，他红着眼，沙哑着声音，向班长吼道，这小鬼还反了天了，你带几名弟兄，把他给我找回来，找不到，你也就别回来了。

他背着枪，拿着水壶，就在那枚炮弹炸响的时刻，已经跳出了战壕，东躲西藏，像蛇一样爬行，终于在敌人的眼鼻底下找到了水源。他拿着水壶的手，刚伸向水中，河对岸就传来了枪声，接着，子弹落在水面上，溅起了无数个小浪花。可是他毫无畏惧，他一定要把水带回去，来救自己战友的生命。哪怕是用自己的生命，换得这一壶水，他觉得也是值得的。因此，尽管敌人的子弹在他耳边呼啸，他还是灌了满满一壶水。

他爬着远离了河岸，站起来，准备离去时，傻眼了。有十名日本鬼子，端着枪，枪头上按着明晃晃的刺刀，嘴里叽里咕噜地说着话，

214

第五辑　故事新编

向他冲了过来。显然，他们想抓住他。

他嘿嘿地笑着，心里说，龟儿子，爷不怕你们，来吧。接着，他将水壶挂在脖子上，藏在一棵树后，瞄准一个敌人，打了一枪。

一个日本兵倒下了，其他的日本兵借助障碍物，向他射击。一颗子弹飞了过来，打在他的胳膊上，他再也端不起枪了，敌人向他扑了过来。就在这千钧一发的时刻，班长领着几名士兵赶来了。他们边打敌人，边掩护着他，往回自己的阵地撤退。一名士兵倒下了，接着，又是一名，几名士兵都倒在了撤退的途中。最后，班长的腿也中弹了。

班长，我要背着你回去。他边带着哭腔说，边用那个完好的胳膊架起班长。

班长将他推到了一边，惨笑着说，你个混球，咱几个兄弟的性命，就换回了这一壶水。你快送回去吧，我掩护你。

他不走，班长从胸中摸出一个手雷，厉声说道，小鬼，快走，这是命令。

他在班长的斥责声中，一步一回头地往阵地赶。半途中，他听到了手雷的爆炸声，他明白，班长与敌人同归于尽了。

夕阳西下的时候，他跌跌撞撞地赶回了阵地，他想连长一定会暴跳如雷，会打他骂他。可他错了，连长并没有说他。而是将他引到了嘎子身边，他看到了已经死去的嘎子。

他跪在嘎子身边，痛哭流涕地说，兄弟，水来了，你喝吧。

说着，他扬起了水壶，水流在了地上，溅起了一阵黄尘。

（发于2015年《西楚文学》第八期）

赈　粮

面对青州城的灾情，柳员外十分冷漠，他认为，赈灾是官府的事。可他的儿子柳秀才并不这样认为，他去找青州知府范仲淹，巧施妙计，终于从柳员外那里弄来了粮食。

柳秀才回到府邸，对柳员外说，爹，咱们放粮救救那些青州城的老百姓吧。

柳员外翻翻眼皮，说，放粮是官府的事情，用得着咱操心？

柳秀才悲痛地说，爹，青州城内，灾民遍地，号哭连天，死亡载道，您是没看到那个凄惨的景象。

柳员外冷漠地哼了一声，说，那管你什么事，咱家那些粮食，还等着换银子呢。

接着，他又对儿子说，你莫管外面的情形，咱们等着，这灾年，粮价会越来越高，等到差不多的时候，咱家这些粮食，可要卖高于往年几十倍甚至几百倍的价钱。

柳秀才说，爹，咱不能为了钱，不讲仁义。

柳员外说，仁义，仁义能当饭吃么？我可告诉你，那些粮食，是我的命根子，你别想在粮食上打主意。

柳秀才看劝说父亲放粮赈灾无望，他就叹息退出了父亲的房子。

这天，知府范仲淹正在为赈灾的事情犯愁。虽说他已将青州的情况，上奏给朝廷。皇帝已下旨给青州调拨了 5000 石赈粮，可远水解不了近渴。他没有办法，正急得团团转。

这时，仆人来报，门外有一名秀才求见。

范仲淹心烦地摆摆手，说，不见。

仆人不走，小心翼翼地说，那位秀才称他有要事求见老爷。

范仲淹皱皱眉，说，那好吧，让他进来。

这位秀才正是柳秀才，那天，他劝说父亲放粮无果后，就来为知府范仲淹献策。

范仲淹听了柳秀才的计谋之后，拍手称快。

当天晚上，范仲淹就以知府大人的名义，向柳员外发出了请柬。柳员外胆战心惊，他怕去了，知府大人向他借粮。他虽然不想去，可看着差役虎视眈眈的样子，不得不硬着头皮去。

来到府衙，简单的酒席已经摆好。范仲淹招呼柳员外入席，柳员外怀着忐忑的心，坐了下来。

范仲淹似乎看穿了柳员外的心思，他说，我承蒙皇恩，来到青州任职。本来早该请柳员外来府衙一叙，可由于忙着赈灾的事情，今日才有闲情。今天请柳员外来没有别的事情，只想喝喝酒，叙叙旧。

柳员外疑惑地端起酒杯，跟范仲淹喝了起来，可他心里仍然不实在，心想，现在青州城里饿殍遍地，作为一地长官不去救灾，哪有闲情喝酒，肯定是赈粮的事情。

酒喝了两个时辰，范仲淹看到柳员外心事重重的样子，拉着柳员外的手，站起来，说，走，我让你去看看官仓。

来到官仓，范仲淹让守仓的官吏打开粮仓，在火把的照耀下，

会飞的硬币

柳员外惊奇地看到，官仓的粮食堆积如山。

范仲淹说，柳员外你看，官仓的粮食这么多，足以救活青州的老百姓吧。

柳员外连连点头，他一直想不明白，官仓里怎么会有这么多粮食。

接着，范仲淹又请柳员外，回到屋子里继续喝酒，一直喝到二更天，然后让差役护送他回家。

柳员外回家后，就忙去自己的粮仓，让仆人打开仓门，他看到粮食完好如初后，又转到儿子书房前，透过纱窗，看到柳秀才在灯烛下苦读的身影，他很踏实地向自己的房子走去。

第二天，青州知府府衙又开始了放粮。人们都非常不解，前段时间，官仓里已经空了，怎么又多出来这么多粮食。

直到三天过后，朝廷的赈粮达到后。范仲淹亲自将粮食送到了柳员外的府邸，感谢柳员外父子借粮救急。

柳员外十分不解，范仲淹笑笑说，走，咱们去看看你家的粮食。说着，便来到柳员外的粮仓，让随从撕开粮袋子一角，只见袋子里流出的是细细的黄沙。

原来，那天晚上，范仲淹用柳秀才的计策，用饮酒的办法拖住了柳员外，而柳秀才则用装满黄沙的假粮换了自家的真粮，救了一城老百姓。

（此文发2015年6月10日《青州通讯》，荣获2015年"山水青州"征文故事类二等奖）